余命99日の僕が、死の見える君と出会った話

森田碧

ポプラ文庫ピュアフル

JN036808

目次

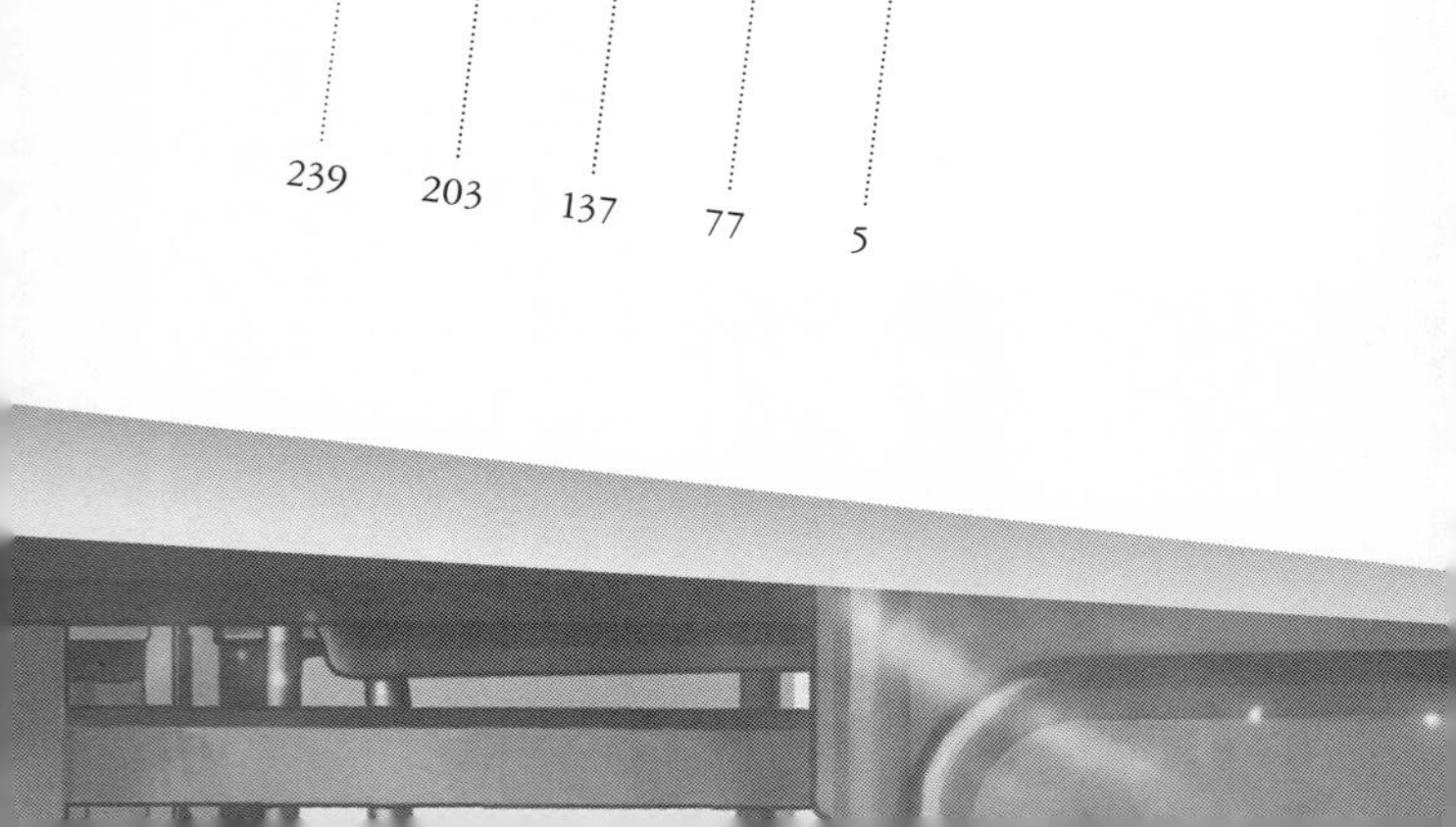

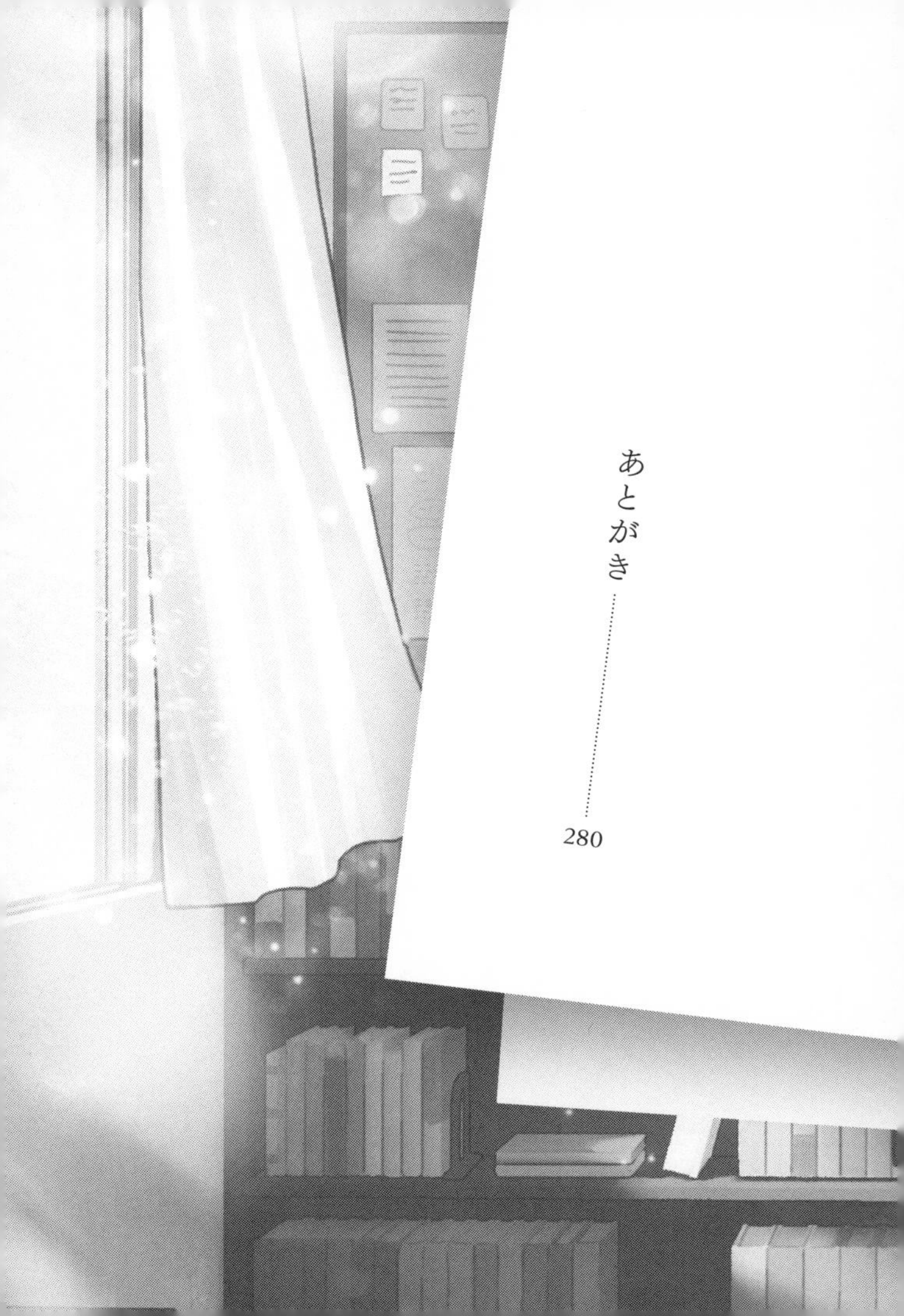

生きることと死ぬこと

「自分がいつ死ぬか、知りたいと思う？」

いつだったか、昼休みに教室で本を読んでいるとき、そんな言葉が耳朶《じだ》を打った。聞き流してもよかったけれど、なんとなくその話に耳を傾けた。読んでいた本がつまらなかったのではなく、少し興味があったからだ。

話していたのは四人のクラスメイトたちで、知りたくないと答えるやつが多いだろうなと予想していたが、意外にも半々に意見は分かれた。

それぞれの言い分はこうだ。

「自分がいつ死ぬかわかっていたら、計画的に生きられるだろ。お金があといくらあればいいかとか、残りの時間でなにができるのかとか、無駄なく生きることができる。だから俺は自分がいつ死ぬか知りたい」

彼の話を聞いて、一理あるなと思った。

「いや、絶対知りたくない。毎日怯えながら生きたくないし、知らない方が人生楽しめると思う。前もって知っていたら、その瞬間から適当に生きちゃいそう」

こちらの意見も納得で、僕は小さく頷いた。

「知っていたら友達や家族に別れの挨拶ができるし、身の回りを片付けたり、いろいろと死ぬ準備をしたりできるよ」

「だったらいつ死んでもいいように遺書を書けばいいし、常に身の回りを綺麗にしておけばいいじゃん」

知りたい派と知りたくない派の意見は割れる。どちらの主張もうなずけるものがあり、読書そっちのけで彼らの会話に聞き入っていた。

「なあ、新太《あらた》はどう思う？」

幼馴染の野崎《のざき》和也《かずや》に話を振られ、「……僕は、べつにどっちでもいいかな」と曖昧に答えた。なんだよそれ、と彼はつまらなそうに吐き捨てる。五人目の意見を求められていたのだから、どちらかに賛同するべきだったのかもしれない。

不毛なやり取りだと気づいたのか、それ以上盛り上がることはなく、好きなアイドルの話にあっさりと切り替わった。

家に帰ったあと、ベッドに寝転んで考えた。自分がいつ死ぬかを知っているのと知らないのとでは、果たしてどちらが幸福なのだろう。

いくら思考を巡らせてみても、答えは出なかった。

その答えがわかったのは、それから一年後。

高校に進学して、最初の夏休みのことだった。

二学期開始の三日前、悲劇は起こった。

顔を洗うため洗面所に向かい、鏡を見ると、僕の頭上に数字が浮かんでいる。

『99』という黒い数字が、ゆらゆらと炎のように怪しく不気味に揺れていた。

携帯電話にメッセージが届いたらしい。その通知音で目が覚めた。何通も連続して鳴る音は、寝起きの耳には苦痛だった。

眠い目をこすり、片目で画面を覗く。

『おーい！　もう夏休み終わってるぞー！』

和也からのメッセージで、そのあとにスタンプが大量に送られてきていた。全部同じ、パンダがおーい、と叫んでいるスタンプだ。

少し迷って『そろそろ行くよ』と返事を打った。

すぐに返信が来る。

『それ、昨日も一昨日《おととい》も言ってたな。そういえば、文芸部に新しい部員入ったよ。これで廃部は免れそう』

返答に困り、既読だけつけて画面を閉じた。

布団を頭から被り、二度寝を試みる。しかしなかなか寝つけず、仕方なく体を起こした。大きな欠伸《あくび》をしてからカレンダーに視線を投げ、今日は何日で何曜日だったかを探す。

九月七日、水曜日。夏休みが終わって一週間。

きっとクラスメイトたちは、夏休みが心地よくて学校に来られなくなったのだ、と僕を馬鹿にしているだろう。たしかに休み明けは億劫になることがあるが、そんな理由で不登校になったことは一度もない。宿題は全部終わっているし、二学期に向けて予習だってしていた。だから僕は、好きで不登校になったわけでは決してないのだ。

ため息をつきながら部屋を出て、洗面所に向かう。

ばしゃばしゃと水飛沫を上げて顔を洗い、ゆっくりと鏡の中の冴えない男を見つめる。

『90』という黒い数字が頭上で揺れている。蠟燭《ろうそく》に灯る炎のように。

どんなに頭を振ろうが消えてくれないし、摑むことさえできない。そんなこの数字がなにを意味しているのか、僕は知っている。

この数字は『命の期限』を表している。それに気づいたのは、小学二年生のときだ。その日、休み時間に校長先生と廊下ですれちがった。僕は挨拶するのも忘れ、彼の頭上の数字に目が釘づけになった。日に日に数は減っていき、『0』になった日の全校集会で、校長先生は突然倒れた。詳しいことはわからないが、脳の病気で亡くなったのだとあとから聞いた。

それからは頻繁に数字を目にした。街行く人々や、僕が小五の頃に亡くなった父親。中学のときに事故死した幼馴染の夏川《なつかわ》明梨《あかり》。嫌でもその数字がなにを表しているのかに気づかされた。

そして高校に入学して初めての夏休みが終わる三日前、ついに恐れていたことが起こったのだ。

例外はあるけれど、通常、死のカウントダウンは『99』から始まる。僕の頭上に現れた数字も例に漏れずそれだった。

人の寿命が見える主人公の物語は、映画や小説で観たり読んだりしたことがある。むしろその手の話は率先して読み漁り、読み終えて安堵した。たいていのものは自分の寿命は見えない設定だったからだ。だから僕は、油断していた。きっと僕もそうなのだろう、と。

しかし現実は辛辣で容赦がない。自分の寿命がわかるという事実は完膚なきまでに僕を打ちのめし、数日間寝込むほど心に大きな打撃を与えた。数字が見えてから三日間は、食事がろくに喉を通らなかった。

一年前のクラスメイトたちの会話を思い出す。

「自分がいつ死ぬか、知りたいと思う?」

今なら即答できる。そいつらの会話に交じって、断言してやれる。

絶対に知らない方がいい、と。

寿命が見えたことによって、僕は自分がいつ死ぬかなんて知らない方が幸せなのだと、思い知った。

改めて鏡の中の僕を見る。三ヶ月後に死ぬであろう僕の顔はやつれていて、今にも天に召されてしまいそうだ。ふいに洗面所のドアが開き、反射的に振り返る。

「新太、起きてたの? もしかして、学校行く気になった?」

母さんが目を丸くして聞いてきた。父さんが事故で他界したときから、この家で僕と母さんと祖母の三人で暮らしている。祖母は病気で数ヶ月前から入院しているので、今は一時的にふたり暮らしだ。

「うん。そろそろ行くよ」

「そう。朝ご飯、できてるよ」

母さんはにこりと笑ってドアを閉めた。

残り三ヶ月しか生きられないのだから、学校へ行く必要はないと思っていた。けれど家にいても退屈だし、なにより母さんに心配をかけたくない。

朝食もそこそこに、制服の白のワイシャツに着替えて外に出る。一週間ぶりに玄関のドアに手をかけると、やけに重たく感じた。太陽の眩しさに目を細めて自転車に跨る。玄関のドアだけではなく、ペダルさえも重たかった。

自宅から十分ほど自転車を走らせると駅が見えてくる。そこから十五分電車に揺られ、学校まで徒歩でおよそ十分。それが僕の通学経路だ。

中三の冬、徹夜で受験勉強に励んだ日々が今は馬鹿らしい。僕が費やした苦痛まみれのあの時間は、寿命が見えたせいですべて無駄になってしまった。

駅に到着して駐輪場に自転車を停める。錆びついていて鍵をかけるのに苦戦していると、背後から快活な声が飛んできた。

「お、新太！　やっと出てきたか！」

和也の声だとすぐにわかった。振り返らなくてもくしゃくしゃの笑顔が脳裏に浮かぶ。

カチリ、と鍵がようやくかかり、カゴに入れていた鞄を肩にかけ、後ろを振り返る。

瞬間、僕の思考は停止した。

「風邪って言ってたけど、絶対嘘だろ？　新太が風邪を引くわけがないもんな」

和也の言葉は、僕の耳には入らなかった。ただ愕然とし、体が硬直して一歩も動けない。

「どうした、新太。そんな怖い顔して」

彼は不思議そうに僕を見つめる。「なんでもない」とかろうじて発した声が震えた。雑誌のモデルを参考にしているという無造作ヘアのやや上部。僕の視線は、彼の頭上に釘づけになる。

そこに浮かんでいたのは、『85』という数字だった。


電車の中で和也とどんな話をしたのか覚えていない。なぜ和也が死んでしまうのか、なにが原因で死んでしまうのか、八十五日後になにかあっただろうか。頭の中はさまざまな疑問で溢れた。身近な人の頭上に数字が浮かぶ夢は、今まで腐るほど見てきた。目を覚ますと汗びっしょりで、一日の終わりのような疲労感に襲われる。

しかしこれは夢なんかではなく、まちがいなく現実だ。信じたくないけれど、数字が出現した時点で和也の死は確定した。

あれこれ考えながら歩き、気づけば僕は学校の階段を上がっていた。一年のクラスがある四階まで足を運び、二組の教室まで歩く。

目立たないように後ろのドアから静かに入る。ちなみに僕と和也は同じクラスで、人見知りの僕は一学期が終わっても、ひとりも友達ができなかった。和也にもそのことを指摘され、二学期からは少しは心を開こうかと思っていたけれど、その必要はなくなった。あと三ヶ月しか生きられないのだから、新しい友達をつくっている場合ではない。教室の隅でひたすら本を読んでいる根暗男子。一学期から貫いてきたこのキャラで三ヶ月間無難に過ごそうと思った。

二学期が始まってすぐに席替えがあったらしく、和也に席を教えてもらい着席する。真ん中の列の一番後ろ。

クラスメイトたちがチラチラと僕に視線を送ってきたが、気にせず鞄の中から文庫本を取り出して開いた。誰も僕に話しかけるな、と言外に匂わす。

ギャハハ、と前の方から笑い声が聞こえる。四人の男子生徒のグループで、その中に和也がいた。コミュニケーション能力の高い彼は、すでにこのクラスの中心人物だ。楽しそうに頭上の数字を揺らしながら、和也は笑う。その光景を見て、嘆息を漏らす。

和也が僕より五日早く死ぬ運命だなんてやっぱり信じられない。なにかのまちがいであってほしいと願わずにはいられなかった。

揺らめく数字から文庫本に視線を戻し、文章を目で追う。しかし一向に頭に入ってこず、同じ箇所を繰り返し読んでしまう。

その日僕は、授業中も休み時間も、ずっと本を読んで過ごした。相変わらず、内容はほとんど頭に入っていない。

放課後、和也は用事があるのかすぐに帰ってしまった。僕はゆっくりと教科書とノートを鞄に詰め、誰とも別れの挨拶を交わさずに教室を出た。

家に帰って自室に入ると、ベッドにダイブした。枕に顔を埋め、足をバタつかせる。

頭上に数字が浮かんでいる和也の姿が脳裏にちらつくが、それが和也の運命なのだから、仕方ないよなと自分に言い聞かせて動揺する心を落ち着かせた。僕が死ぬのもまた運命であるのだから、仕方がない。運命――便利な言葉だと思う。一時的ではあるが、そのひと言でとりあえずは納得できるのだから不思議なものだ。

胸の中で、自分の中で何度も交わした議論が再熱した。

死が迫っていることを伝えるべきか否か。僕はこの見えてしまう力のことを、今まで誰にも話したことがない。気持ち悪いと思われるにちがいないし、そもそも信じてもらえないだろう。

あの人死ぬよ、と宣言して実際にそうなったとき、周りの人間はどう思うだろうか。きっと不気味がって避けるのは目に見えているし、死神扱いされてもおかしくない。世の中には知らない方がいいこともある。いや、むしろ知らなくていいことの方が圧倒的に多い。自分の寿命はまさにそれにあたる。

和也にはこのまま黙っていよう。

人の命の期限が見えるようになってから何度も自問自答を繰り返したが、相手が親友であっても結局同じところに帰結した。

翌朝、僕は部屋の壁にかけてあるカレンダーに印をつけた。十二月のページをめくり、一日に丸印をつける。その日は野崎和也の命日で、六日にも印がついている。言うまでもなく、十二月六日は僕が死ぬ日である。

六日以降はすべて、大きなばつ印が書かれている。十日前、自分の寿命が見えて自暴自棄になってやったことだ。

マジックペンを机に放って、部屋を出た。

無心で朝食を胃に詰めこみ、今日も自転車に乗って駅へ向かう。

途中で小学生のグループが前方に見えた。四人で仲良く登校しているのかと思いきや、ひとりでランドセルを四つ持ってよたよたしている子がいた。ほかの三人は彼にかまうことなく先に進んでいく。鞄持ちの少年は野球帽を目深に被り、俯いて辛そうに歩いている。

僕は少年のすぐ横を通った。おそらくいじめなのだろうけれど、僕には関係のないことだ。頑張れ少年。心の中でそう声をかけて、急いで自転車を走らせた。

昨日と同じように駅の駐輪場で頭上の数字をひとつ減らした和也と合流し、電車に乗って学校へ向かう。

「今日の放課後、部活あるからな」

つり革に摑まり、発車したところで和也が口を開いた。

「部活っていっても、ただ本を読んでるだけじゃん」

慣性で腕をつり革に取られながら突っ込みを入れる。僕たちが所属する文芸部は好きなときに、ただ雑談をしたり本を読んだりして活動するだけだった。部員は僕たちふたりしかおらず、年内にあとひとり増やさないと廃部になると顧問の先生に言われている。約三ヶ月後に部員がふたり死ぬのだから、もはや廃部は免れないけれど。

「いや、実は最近また書きはじめたんだ」

「小説を？」

「うん、そう」

和也の意外な趣味のひとつが小説の執筆だ。彼は読むだけでは飽き足らず、なにを思ったのか中学の頃から自分で創作をしているらしい。彼の書いた小説を何度か読ませてもらったことがあるが、それなりに面白いし文章もしっかりしていた。中三のときには短編小説のコンテストで入賞したこともある。見た目はチャラついてはいるものの、こういった静謐《せいひつ》で知的な一面も彼は持ち合わせている。

「俺には才能がないから書くのはやめたって言ってなかったっけ」

「才能がないなら、そのぶん努力すればいいんだって最近気づいたんだ」

「ふうん。和也らしい考え方だ」

「だろ？」

和也はケラケラと声を上げて笑う。中学の卒業文集に、彼が小説家になりたい、とでかでかと書いていたのを思い出した。その夢が叶うことはないのだと思うと無念極まりない。

彼は中学の頃、サッカー部に所属していた。一年のときからレギュラーの座を摑み、エースナンバーの十番をつけていた。高校でも和也はサッカー部に入部すると思っていたが、文芸部を立ち上げた。意外と言えば意外であったが、かねてからの夢だった小説家の道に進むんだなと、さすがの行動力に舌を巻いた。

「部活、やめようかなぁ」

意気込みに水を差すようで申し訳ないが、僕はそう呟いた。あと三ヶ月で死ぬ人間にとって、部活動ほど無駄なものはない。それは和也にも同じことが言える。

「なんでだよ。新入部員とふたりじゃさ、ちょっと気まずいから来いよ。せっかく廃部にならなくて済むのに、お前がやめたら意味ないじゃん」

そういえば昨日、携帯でそんな話をしていた気がする。とくに気にしていなかったので失念していた。

「人見知りしない和也がそんなこと言うなんて珍しいな。新入部員って、どんなやつ？」

「五組の黒瀬《くろせ》ってやつ。なんか、よくわかんないやつなんだよ」

歯切れの悪い口調で和也は言った。相手がどんな人間であろうがすぐに仲良くなってしまう和也がそう言うのなら、本当によくわからないやつなのだろう。僕は自分のクラスメイトの名前もまだ覚えきれていないので、ほかのクラスの生徒のことは当然知る由もなかった。

その後もいつもと変わらない調子で、和也は朗らかに滔々《とうとう》と喋る。見たくもない数字が目に入るので、僕は窓の外に視線を投げた。彼の話に相槌を打っていると、高校の最寄り駅に到着した。

その日も僕は、授業中に本を読んで過ごした。来年の春に映画化されるミステリ小説で、冒頭から引きこまれて三時間目の授業中に読み終えた。興奮冷めやらぬままチャイムが鳴り、四時間目の授業が始まってもすぐに次の小説を読む気にはなれず、しばらく余韻に浸った。

映画化が楽しみな作品だが、僕にはもう春はやってこない。春どころか冬を越えることもできないのだ。この小説の映画を観られないことがなにより悔しかった。

そんな調子で授業を終え、放課後になると和也と部室に向かった。

僕らが通うこの高校は北館と南館、本館に分かれており、文芸部の部室は一番遠い南館の三階にある。南館は本館と繋がっておらず、一度外へ出ないと行けないのが面倒だ。

和也とくだらない話をしながら歩き、部室の前に到着する。隣は写真部で、その隣はオカルト研究部だ。廊下はやけに静かで、遠くから軽音楽部のものと思われるギターの音がかすかに聞こえるだけだった。

部室の中は中央に机が六つ置かれていて、その奥に本がびっしり詰まった本棚がある。もうひとりの部員である黒瀬の姿はなかった。和也は椅子に座ると、鞄の中からコンパクトサイズのノートパソコンを取り出して開いた。

「小説書くの？」

「うん。再来月締め切りの新人賞に応募しようと思って」

本棚から適当な本を抜き取り、和也の斜向かいに座る。

「どんな話？」

「自殺願望のある主人公が、ある日余命宣告を受けるんだ。なんだ、自分で死ななくていいんだって喜ぶところから始まる」

画面と向き合い、文字を入力しながら和也はひと息に言った。

「それで？　主人公は最後どうなるの？」

「まだ決まってない」

「決まってないの？　そういうのが全部決まってから書きはじめるもんなんじゃないの？」

小説を書く前に、たしかプロットという物語の設計図のようなものを書くのだと以前和也から聞いたことがあった。それがないと、途中でストーリーが破綻するとも言っていた。

彼は頭を掻きながら答える。

「普通はそうなんだけどさ、締め切りまで時間がないから書きながら考えることにした」

「へえ。大変そう」

「大変だよ」

それきり和也は言葉を発さず、黙々と手を動かし続けた。僕は手に持っていた小説を読みはじめる。ページをめくる音と、和也がキーボードを叩く音だけが部室に響く。

数分後、その心地よい音を断ち切るように部室のドアが開いた。そこに立っていたのは髪の長い女子生徒だった。線の細い体つきで、チェックのスカートからすらりと伸びた白い脚が際立っている。猫を連想させる大きな吊り目が僕を捉えていた。

「あの……ここ文芸部ですけど」

僕に目を向けたまま固まって動かない彼女にそう声をかける。

数秒の沈黙のあと、彼女は「知ってる」とだけ返事をして端っこの席に腰掛けた。

「ああ、新入部員の黒瀬ちゃん。で、こっちは同じクラスで幼馴染の新太」

僕の視線に気づいた和也が、僕らふたりにまとめて雑な紹介をした。黒瀬なる人物は、てっきり男だと思っていたので戸惑った。

黒瀬は僕と目が合うと、「黒瀬舞《まい》です。よろしく」と小さく頭を下げた。

「望月《もちづき》新太です。よろしく」

僕も軽く自己紹介をすると、彼女は鞄の中から書店のブックカバーがつけられた本を取り出して読みはじめた。

そこからは三人とも無言で各々やりたいことをやった。和也はパソコンと向き合い、僕と黒瀬は本を読む。意外にも心地よくて、悪くない時間だった。

「だめだ。今日はもう書けない」

和也が長い沈黙を破る。パソコンを閉じ、机に突っ伏して眠ってしまった。それが合図かのように黒瀬は本を閉じて立ち上がる。

「私、今日はもう帰る」

「ああ、えっと……お疲れ」

彼女は部室を出る直前、僕と和也を振り返って猫のような目で見てきた。心の奥底を覗きこんでくるようなその瞳にドキッとする。

彼女はそのままなにも言わずに出ていった。和也の言うように、本当によくわからないやつだと思った。


その週の土曜日は、どこかに出かけるでもなく、僕は家に引きこもってテレビゲームをしていた。

「あと八十七日か……」

現れたモンスターを駆逐しつつ、ぽつりと心の声が漏れる。残り三ヶ月弱、このまま空費してしまっていいのだろうかとコントローラーを操作しながら考える。けれど、たった三ヶ月でなにができるだろう。これまでどおり平凡な毎日を生き、休日は惰眠を貪《むさぼ》り、そしてあっけなく人生の幕を閉じるのが最善だろうなと思う。それが一番僕らしいし、本来であればそう過ごしているわけだし、無理になにかをする必要はないよな、と結論づけた。

ゲームを中断してベッドに仰向けに寝転び、真っ白な天井をぼんやり見つめる。

人は、なんのために生きているんだろう。みんなの生きる意味は、いったいなんなのか。

人の寿命が見えるようになってから、そんな答えのない問いを無駄に考えることが増えた。そして自分の寿命が見えてしまった今、より深く考えるようになった。いくら思考を巡らせてみても、答えなんて見つかるはずがないことはわかっている。それでも考えずにはいられなかった。

和也はどうだろう。小説を書くために、小説家になるために生きているだとか言い出しそうで、その姿は容易に想像できる。新入部員の黒瀬はどうなのだろう。彼女のことはまだよくわからないので、おいしいものを食べるためだとか、そんなところだろうと勝手に決めつけて思考を中断する。

窓の外の暮れていく空を見ていると、ため息が零れた。また今日もなにもせず一日が終わってしまう。空の色が変わってから、僕は力なくカーテンを閉めた。

週明けの月曜日。僕の頭上の数字は『85』になっていた。ゆっくりと、けれど確実に減っていく数字を見ていると、僕の心はそのうち壊れてしまうのではないかと不安になる。なるべく鏡を見ないようにしようと決めて、家を出る。

駅に向かう途中で、鞄持ちの少年が今日も四つランドセルを持たされていた。

僕は思わずブレーキを握った。ぶつかりそうになったからではなく、少年が被っている野球帽の上部に揺れ動く数字が見えたからだ。

少年は僕の急ブレーキの音に驚いたのか、バランスを崩して尻餅をつく。

野球帽に隠れて表情は窺えない。やがて緩慢な動きで立ち上がり、落としたランドセルを持って再び歩き出す。

『97』という数字を揺らしながら、一歩一歩進んでいった。

いじめを苦に自殺。そんなところだろうか。小学生の自殺も年々増えていると聞く。けれど僕には関係のないことだ。僕が死んだあとに起こることまでいちいち気にしていられない。

再びペダルを漕いで少年を追い抜き、駅へ向かった。

「よう新太。昨日目覚ましセットし忘れたんだけど、いつも起きる時間ぴったりに目が覚めてラッキーだったよ」

駅の駐輪場で、『80』の数字を揺らしながら和也は破顔する。なにも知らない和也が羨ましく、けれどそれ以上に不憫だと思った。

「すごいな、それ。僕なら絶対起きられないと思う」

軽い言葉を返し、鍵をかける。錆止めを塗ったおかげか、今日はすんなりかかった。

和也の数字を見ているとなぜだか罪悪感に駆られ、胸がズキズキ痛み出す。彼の頭上から視線を逸らし、駅舎に入った。

人の寿命が見えるようになってから、何度か考えたことがあった。病死は防ぎようがないとして、事故死や自殺は僕の行動によっては未然に防げるのではないかと。でも防げたとして、怖いのはそれに伴う代償だった。

以前読んだ小説や映画では、本来死ぬ運命だった人間を救うと、補填するように別の誰かが死んだり、自分に災いが降りかかったりと、とにかくよくないことが起きるのだ。それを恐れて僕は、今まで寿命が見えた人たちをほとんど救おうとはしなかった。

いや、中学二年の頃、偶然とはいえ、一度だけ人の命を救ったことがある。思っていたとおり、運命を変えたことによって僕自身が不幸に見舞われてしまった。


秋晴れの土曜日。コンビニに行った帰り道、僕はなにげなく公園に目を向けた。そこには小学校低学年くらいの少年がふたりいて、キャッチボールをしていた。

そのうちのひとりの頭上に、『0』の数字を確認した。まもなく命の炎が燃え尽きるかのように、それは激しく揺れ動く。

僕は足を止め、しばらく様子を見ていた。

ほどなくしてボールが道路に転がっていき、『0』の少年が追いかける。前方からは、明らかに速度超過のトラックが迫ってきている。

次の瞬間、僕にはなにが起こるのかわかってしまった。脳内ではこれから起こる悲劇が映像となって鮮明に映し出される。

体が無意識に動き、少年の足を払って転倒させた。トラックは走り去り、轟音が遠のいていく。少年の頭上の数字は、綺麗さっぱり消え去っていた。

僕は、人の命を救った。実感はなかったけれど、たしかに今、僕は運命を変えたのだ。すごいことをやってのけたのだと、晴れやかな気持ちになった。

しかし災いは、危惧していたとおり僕に降りかかってくる。

「あんた、うちの子になにしてんのよ！」

怒号とともに、張り手を一発くらった。怒った少年の母親にさらに突き飛ばされ、僕は尻餅をついた。

少年は転倒した際、腕の骨を折った。顎には裂傷を負い、数針縫うことになった。

僕は少年の命を救った。称賛され、対価をもらってもいい行いをしたはずだ。けれど僕は糾弾され、叱咤され、侮蔑《ぶべつ》されたのだった。

少年の命を救った事実は消え去り、残ったのは少年を故意に転倒させ、大怪我を負わせたという結果だけだった。

母さんが示談金を払い、大事にはならなかったが僕の心には消えない傷として今も残っている。普段怒ることのない母さんにも叱責され、僕は自室にこもってひとりで泣いた。


そのときから僕は、人の生き死にに関与するのはやめることにした。だから和也の死に関わるのも、自分の死を回避することも選択肢にはない。

正直言うと、自分の頭上に数字が浮かんだとき、僕は真っ先に死にたくないと思った。誰もが当然のように思うことだろうし、できることなら死を回避して和也も救いたいと考えた。けれどその思いを維持できなかった原因は、僕の過去にある。自分には関係ないとあっさり切り捨て、今までたくさんの命を見殺しにしてきた。そんな僕が自分だけ死を回避するなんて許されるはずがない。だから僕は、生きたいという気持ちを胸の奥底にしまいこみ、残酷な運命を受け入れることに決めたのだ。

その日も僕は本を読んで一日をやり過ごし、放課後になると和也と部室に向かった。和也の兄は部屋で音楽を爆音で流しているらしく、家では気が散って執筆が捗らないのだという。

「今日は筆が進まない日だ。やっぱり、俺に長編なんて書けないんだ」

部室に入るとさっそくノートパソコンを開いた和也が、ものの数分で弱音を吐いた。

「今まで長編小説は書いたことないんだっけ?」

「ないよ。短編小説しか書いたことない。てか短編しか書けない」

「ふうん。やっぱり長編って難しいんだ」

「短編の方が難しいって人もいるから、どちらとも言えない」

ふうん、と言うほかなかった。読み専の僕には一生わからない悩みだろうなと思った。

本棚から適当に抜き取った文庫本を読んでいると、ガチャリとドアが開く。

ドアを開けたのは黒瀬だ。彼女はなにも言わず前回と同じ端っこの席に座り、鞄の中からブックカバー付きの本を取り出して読みはじめた。

和也は小説を書き、僕と黒瀬は本を読む。不思議とこの部室内だけ、時間がゆっくりと進んでいるような気分になる。机をひとつ挟んで奥にいる黒瀬がなんの本を読んでいるのか気になった。

「黒瀬さんはなんの本を読んでるの？」

突然声をかけられて驚いたのか、黒瀬の肩が跳ねる。彼女は人差し指を栞代わりに挟んで、隠すように表紙を下にして本を閉じた。

「えっと、普通の小説」

「ジャンルは？」

「なんだろう。ミステリ的な？」

挙動不審気味に黒瀬は答える。もしかしたら女の子が読まないような、グロテスクな内容なのかもしれない。

「その焦り具合からして、官能小説だな」

キーボードを打つ手を止めて、和也が口を挟んだ。

「そんなの、学校で読むわけないでしょ！」

黒瀬は和也を睨みつけて反論する。学校じゃなかったら読むのかと思ったけれど、聞かないことにした。

「なんか今日は書ける気しないなぁ。新太、カラオケ行かない？」

「うん。いいけど」

「よし！　じゃあ行こう」

和也はパソコンを閉じて立ち上がる。念のため、「黒瀬さんはどうする？」とダメ元で聞いてみた。

「……私も行っていいの？」

予想外の言葉が返ってきた。きっと断るだろうと思っていたが、彼女は目を輝かせて僕を見つめる。

「も、もちろん。じゃあ、三人で行こうか」

僕たちは部室を出て、カラオケ店に向かった。和也の印象どおり、やっぱり黒瀬はよくわからないやつだ。


駅前のカラオケ店に着くとさっそく和也がマイクを握り、流行りの曲をさらりと歌い上げる。歌に合わせて頭上の数字も激しく揺れる。

「和也くんて、歌うまいんだね」

和也が二曲目を歌っている途中で、黒瀬が感心したように言った。

「うん。黒瀬さんはなに歌う？」

タッチパネル式のリモコンを差し出すが、彼女は首を横に振る。

「私は大丈夫。それと、さんはつけなくていいよ」

「わかった」

僕と和也が交互に歌う。といっても歌ったのはほとんど和也だ。黒瀬は注文したメロンソーダを飲みながら僕らを見守るだけだった。よほどストレスが溜まっていたのか、和也は消費カロリーの高い曲ばかり選曲する。そして一時間半過ぎたところでお開きとなった。

「黒瀬はどうして文芸部に入ろうと思ったの？　本が好きだから？」

会計を済ませ、和也がトイレに行ってしまったので間を持たせるために聞いてみた。正直、そこまで興味はなかった。

「えっと……ちょっと気になったから」

「なにが？」

黒瀬が口を開きかけたところで和也が戻ってきた。

「よし、帰ろうぜ」

熱唱したからなのか用を足したからなのか、すっきりとした表情で和也は言う。結局、黒瀬の答えは最後まで聞けなかった。

「俺たちこっちだから。じゃあね黒瀬ちゃん」

僕と和也は駅舎へ。黒瀬は自転車通学なので駅前で別れた。

「あの……」

か細い声が聞こえて振り返る。和也は聞こえなかったのか、駅舎に入っていった。

「どうしたの？」

帰宅ラッシュの時間らしく、僕と黒瀬を除いて大勢の人が駅の中へ吸いこまれていく。黒瀬は口を開いてなにか声を発したが、雑踏に紛れて聞き取れなかった。

「今、なんか言った？」

黒瀬は俯いて首を横に振る。なにか言いたそうにしていたが、彼女はそのまま自転車に乗って走り去っていった。

彼女の振る舞いを見て、なにが言いたかったのか僕にはなんとなくわかった。きっと黒瀬は、和也のことが好きなのだ。気になったとか言っていたし、和也を追って文芸部に入部したのだろう。和也は昔からモテるし、仲の良い僕にいろいろと質問をしたかったのかもしれない。

黒瀬が見えなくなったところで、先に行ってしまった和也を追って駅の構内へ向かう。和也に黒瀬のことを話そうかと思ったけれど、野暮なことはやめにして電車を待つ和也の隣に黙って並んだ。

家に帰ってから、僕は求人サイトを閲覧した。僕に残された時間はあと三ヶ月弱。なにをして過ごすべきか改めて考えた結果、やはり親孝行をするのが一番だと思った。それで僕の代わりになるかわからないけれど、子犬を飼おうと決めた。

先日、動物番組を観ていて、「わんちゃん欲しいなぁ」と母さんが呟いていたのを思い出したからだ。二ヶ月も働いて僕の貯金と合わせれば、犬を買ってもお釣りがくるし、残りは僕の葬式代にでもしてくれればいい。思えば母さんには、親孝行らしいことをなにひとつしてこなかった。最後に親孝行をしてから死ぬのも悪くない。ベッドに寝転び、手頃な求人を物色しながらそんなことを考えた。

「ただいまー」

階下から疲れ切った母さんの声が聞こえた。母さんは介護の仕事をしており、かけ持ちで土日はファミレスで働いている。うちはあまりお金がないので、高校を卒業したら就職するつもりだったけれど、母さんは大学進学を勧めてきた。僕の学費を稼ぐために、母さんは休みなく働き続けている。あと三ヶ月弱もすれば母さんは解放され、楽になれるはずだ。やっぱり僕は死ぬべき人間なのだと思った。

「おかえり。今度バイトしようと思うんだけど、いい？」

階段を下りてリビングに入り、夕食の支度を始めようとしていた母さんに訊ねた。

「バイト？　どうしたの急に」

「学校終わったあと、暇だから」

「ふうん。まあ、いいんじゃない？」

母さんは言いながら玉ねぎを刻む。

「ありがとう。来月から小遣いはいらないから」

「うん、わかった」

ひとつ、なにかを成し遂げた気持ちになった。自室には戻らず、リビングのソファに座って母さんと会話をしながら夕食ができあがるのを待つことにした。

こうやって母さんと話をするのは、ずいぶんと久しぶりのことだった。


三日後、雨が降っていたのでバスに乗って駅へ向かった。窓に映る僕の数字は『82』となっていた。

窓の外には例の鞄持ちの少年の姿があった。頭上の数字であの少年だとすぐに気づいた。雨具を着て、今日はひとりで歩いている。力なく、とぼとぼ歩く姿から視線を外して僕は進行方向を見つめた。

駅に到着して和也と合流する。

ホームに出ると、「お、いたいた」と和也が嬉しそうに顔を綻《ほころ》ばせた。

「おはよ。てか久しぶり」

和也が声をかけたのは、他校の女子生徒だ。ショートボブとかいう髪形で、端正な顔立ちをしており、いわゆる美少女というやつだ。普段は自転車通学だが、雨の日だけ電車を利用しているらしかった。小柄で大人しそうな彼女は和也の好みのタイプのようで、春頃に彼は声をかけ、今では気軽に話をする仲になった。相変わらず和也の行動力は見習うべきものがある。彼女の名前は以前聞いたけれど、忘れてしまった。雨の日にだけ現れるので、僕は勝手に雨女と呼んでいる。

和也の恋路を邪魔しないように、僕は気を遣って少し離れたホームのベンチに腰掛けた。

電車がやってくると、和也と雨女は仲良く話しながら乗車する。といっても和也が一方的に話しかけているだけなんだけれど、雨女の方も困っている様子はなく、しっかりと受け答えしていた。

僕は、しとしとと降り続く雨景色を眺める。それに飽きるともう一度和也に視線を送る。頭上の数字を揺らしながら、和也は楽しそうに身振り手振りを交えて雨女と談笑している。決して実ることのない和也の恋模様を、僕は直視できなかった。

「今日も部室行くけど、新太はどうする？」

授業がすべて終わり、帰り支度をしていたら和也に声をかけられた。

「今日は用事があるから、やめとくよ」

「そっか。わかった」

和也はノートパソコンが入っているであろう鞄を肩にかけて教室を出ていった。

午後五時半からアルバイトの面接があるのだ。鞄に教科書とノートを詰め、教室を出て昇降口へ急ぐ。

雨はやんでいたので、一旦帰宅して自転車でアルバイト先に向かうことにした。

職種は一番無難だろうと思ったコンビニの店員だ。知り合いが来たら嫌なので、自転車で三十分ほどの距離にある店舗を選んだ。

余裕を持って家を出てきたため、十五分早く着いてしまった。コンビニの周りを自転車でぐるぐる走りながら、頭の中で面接の予習をしておく。

志望動機を聞かれたら、コンビニが好きだからと答える。長所を聞かれたら、忍耐力が人一倍あると答える。短所を聞かれたら、諦めが早いと答える。

そのほかのイレギュラーな質問には、臨機応変に受け答えしよう。などと考えているうちに時間が来た。

「あの、望月新太と言います。今日、面接で……」

コンビニに入り、弁当の品出しをしていた二十代くらいの痩身の男性店員に恐る恐る声をかけた。男性店員は振り返り、「ああ、ちょっと待ってね」と作業を中断してバックヤードへ下がっていった。

彼はすぐに戻ってきて、「こっち来て」と手招きをする。休憩室のようなところに案内され、椅子に座ってすぐに来るという店長を待った。

履歴書に不備がないか最終確認し、再び頭の中で受け答えを反芻していると、休憩室のドアが開いた。

「ごめんごめん。えっと、望月くんだっけ？　店長の木村《きむら》です」

木村と名乗った薄毛で小太りの中年男性に渡された名刺には、木村卓也《たくや》とあった。

「あはは。有名人と同じ名前なんだよ。漢字はちがうけどな」

木村店長は細い目をさらに細くして笑ったが、僕は愛想笑いさえできなかった。

「じゃあ、履歴書いいかな」

「……あ、はい」

手に持っていた履歴書を店長に渡す。しばらく無言で書面を眺めたあと、店長は顔を上げた。

「望月くんはどうしてコンビニで働こうと思ったの？」

用意していた答えが、頭からすっぽり抜け落ちていた。言葉に詰まり、沈黙が流れる。

「あはは。さては緊張してるな？」

店長はにやりと笑う。答えられなかったのは緊張していたからではなく、想定外の事態が発生していたからだった。

木村店長の透けた頭頂部のやや上部。そこには見覚えのある陰鬱な数字が浮かんでいた。

店長の命の期限は、残り『30』となっていた。

探偵の行く先々で事件が起こるように、僕の行く先には死期が近い人間がよく現れる。ときどき、僕は死神なのではないかと思うことさえある。なぜこうも僕の周りには早死にする人間が多いのか。改めてこの見えてしまう力に、辟易とする。

木村店長が死ぬのは、僕のせいではない。僕がこのコンビニを選んだのは、ただの偶然だ。僕が面接を受けなかったとしても、木村店長は僕の知らないところでひっそりと死んでいたのだ。

そう思うことで、心を鎮めるほかなかった。

その木村店長から採用の連絡があったのは、面接を受けた三日後のこと。

「いつから来られる？」と聞かれ、とっさに今日から行けますと答えたら笑われてしまった。時刻は午後六時半を過ぎていた。

「じゃあ、明日からお願いね！」

わかりました、と返事をすると通話は切れた。


「ん？　新太バイトすんの？　いつから？」

次の日の昼休み、アルバイトを始めるので頻繁に部活に出られなくなることを和也に告げた。一応彼は、文芸部の部長である。

「今日からだよ」

「なんのバイト？」

「コンビニの店員。どこのコンビニかは教えない」

なんだよそれぇ、と和也は頭を掻いた。

これで和也と黒瀬のふたりの時間が増える。和也の想い人はほかにいるが、黒瀬はきっと喜んでくれるだろう。

授業終了のチャイムが鳴ると、僕は速やかに下校した。アルバイト初日に遅刻するわけにはいかない。早歩きで駅に向かい、ちょうどやってきた電車に乗って自宅の最寄り駅で降り、駐輪場に停めていた自転車に乗ってコンビニまで急いだ。

到着したのはバイト開始時間の三十分前。少し早い気もしたけれど、先輩店員に挨拶して休憩室で待機した。

本を読んで時間を潰していると、店長が休憩室に入ってきた。店長は普段、夜の十時から出勤しているらしいが、今日は直接僕に指導するため、この時間から出勤してきたのだとか。

「少し早いけど、始めようか」

「はい」

店に出る前に、「いらっしゃいませ」や「ありがとうございました」など、発声練習を繰り返す。

店長のOKサインが出たところで店内に出る。品出しやレジ打ちなどを教えてもらい、一時間ほど過ぎた頃、まさかの知り合いが入店してきた。

「いらっしゃいま……せ」

知り合いが来ないであろう店舗を選んだはずなのに、入ってきたのは黒瀬だった。学校帰りなのか制服姿のままで、彼女は僕に気づくと立ち止まった。

「バイトのことは和也くんに聞いてたけど、ここのコンビニだったんだ」

「……うん。部活帰り？」

黒瀬は首肯する。どうやら家が近いらしく、昔からよくこのコンビニを利用するのだという。

軽く言葉を交わしたあと、僕は品出しの作業に戻る。黒瀬はスカートをひるがえしてお菓子コーナーに向かい、しゃがみこんでなにやら吟味しているようだ。

彼女はすぐにレジに並んだ。この時間は僕と店長、五十代の女性店員である田中《たなか》さんの三人体制で回しており、ちょうど田中さんは接客中だったので、僕は手を止めて店長とともにレジへ向かう。

僕がレジへ入ると、店長は横について再び教えてくれる。黒瀬は一個三十円のチョコ菓子を二個、レジに置いた。

「まずはバーコードね」

言われたとおりバーコードを読み取り、代金を告げ、百円玉を受け取り、レジを打ち、釣り銭を渡した。黒瀬は黒のふたつ折り財布に小銭をしまうと、チョコ菓子を手に取る。そのうちのひとつを、僕にくれた。

「これ、あげる。バイト頑張ってね」

そう言い残して彼女は僕の返事を待たずに帰っていった。相変わらずよくわからないやつだなぁと、自転車に跨り去っていく黒瀬を見送る。もらったお菓子をポケットにしまいこんで、品出しを再開した。

「望月くん、今日はもう上がっていいよ」

雑誌類を補充していると、背後から木村店長に肩を叩かれた。時刻は午後十時。僕のアルバイト初日は無事に終了したらしい。

「お疲れ様でした」

「お疲れ！　気をつけて帰るんだよ」

店長に挨拶してコンビニをあとにした。

自転車に乗って家路を急ぐ。夜風が心地よく、来たときよりもペダルが軽く感じられた。ポケットの中から黒瀬にもらったチョコを取り出し、包み紙を剝いで口に入れる。ほろ苦いビターチョコの味が口内を埋め尽くし、仕事で疲れた体を癒やしてくれる。明日黒瀬に会ったら、言えなかったお礼を言おう。そう心に決めて、軽快に自転車を走らせた。


その後は三日連続で出勤し、ひとりでレジ打ちができるようになった。黒瀬は毎日コンビニにやってきた。チョコを買ったりミルクティーを買ったり、学校帰りに必ずこのコンビニに寄るらしかった。黒瀬の接客をするときだけ、僕はひとつボリュームを下げて発声する。知り合いの前だとどうしても手を抜いてしまう。声が小さすぎたせいか田中さんに注意され、すみませんと返した。

「新太、今日バイト休みなら、たまにはおばあちゃんのお見舞いに行ってあげなさいよ。おばあちゃん、もうあまり長生きできないって言われてるんだから」

朝食のトーストを咀嚼していると、母さんが神妙な面持ちで諭すように言った。祖母は癌を患い、余命宣告されていた。もって半年でしょう、と医師は言っていたが、半年経っても祖母の頭上に数字は現れなかった。夏休みに入ってすぐにお見舞いに行ったが、それ以来顔を出してなかった。

「たぶんだけど、ばあちゃんはまだまだ長生きできると思うよ。ごちそうさま」

そうは言ったものの、もしかしたら今頃数字が浮かんでいるかもしれない。学校帰りに、祖母の様子を見にいこうと決めて家を出た。

放課後、最近はバイトばっかりで部活に出ていなかったので、祖母の病院に行く前に部室に寄った。

部室では和也と黒瀬が離れた席に座り、ひと足先に活動していた。

「お、今日はバイト休み？」

「休みだけど、用事あるからすぐ帰るよ」

言いながらいつもの席に座る。黒瀬は僕を一瞥しただけで、またすぐに手元の本に視線を戻す。

「執筆はどんな感じ？　進んでる？」

「うーん、まあまあかな」

曖昧な返事を聞いて、あまり進んでいないのだなと思った。

「それよりさ、新太と黒瀬ちゃんに頼みたいことがあるんだけど」

「なに？」

「文化祭で部誌を販売しようと思うんだけど、俺は執筆で忙しいからふたりに任せちゃっていい？」

僕と黒瀬は顔を見合わせる。和也の話によると、来月行われる文化祭で、文芸部もなにか出さないかと顧問に言われたらしい。文芸部の顧問は複数の文化系部活を受け持っており、具体的なことは和也に一任したのだという。

「私はべつにいいけど」

返答に窮していると、黒瀬がしばらくして口を開いた。

「よし、じゃあ頼んだ」

そう言って和也はパソコンに向き直った。僕はまだ引き受けていないのに。

僕に残された時間はあとわずかだ。よくわからない部誌づくりに時間を割くわけにはいかない。けれど拒否できる雰囲気でもなく、部誌づくりの件は一旦持ち帰ることにした。

「とりあえず、今日はもう帰るよ」

「お疲れー」

和也はパソコンの画面に目を向けたまま、小さく手を上げる。黒瀬と目が合ったけれど、彼女はなにも言わなかった。

病院に向かうため、自宅とは反対方向へ進む電車に乗った。

電車を降りて徒歩十五分。途中に花屋があったが、お見舞いに花を持っていくなんてキザな気がして素通りした。

祖母の病室は四階にあるので、僕はエレベーターに乗った。病院は昔からあまり好きではなかった。頭上に数字を浮かべる人が、嫌でも目につくからだ。エレベーターを降りて四階の通路を歩きながらちらりと病室を覗くと、やっぱり寿命が見える病人がいた。

数字が目に入らないよう、下を向いて祖母の病室に向かう。

ドアは開放されていて、祖母は体を起こして穏やかな表情で本を読んでいた。その頭上に数字はなく、ほっと胸をなでおろす。そこは相部屋で、祖母のほかにふたりの患者がベッドで横になっている。

「ばあちゃん、久しぶり」

「あら、いらっしゃい」

自分の部屋でもないのに、僕がお見舞いに行くと祖母は決まってそんなことを口にする。読んでいた分厚い本をぱたんと閉じ、祖母は優しく微笑む。僕が子どもの頃からずっと変わらないその笑顔には、長旅をしてやっと家に帰ってきたときのような安心感がある。

「学校はどう？　お菓子、食べなさい」

「ありがとう。学校はまあ、問題なく通ってるよ」

祖母がくれたクッキーを齧《かじ》る。チョコチップが入っているやつで、ちょうど小腹が空いていたせいか手が止まらなかった。

「由美子《ゆみこ》はどうしてる？　最近、顔を出さないけど」

「仕事が忙しいんだって。土日くらい休めばいいのに」

由美子とは、母さんのことだ。僕にお見舞いに行けと言ったのは、自分も行けていないから様子を見てきてほしいということだったのかもしれない。

三十分ほど祖母と話をして、空の色が変わりはじめた頃に病室をあとにした。祖母が元気そうだったことに安堵しながら、薄暗い通路を進む。

ナースステーションの手前に、談話室があった。窓際の席に座っている少女を見て、僕は足を止める。

淡いピンク色のパジャマを着た少女の頭上に、『72』の数字を確認したからだ。僕と同じ高校生くらいの女の子だ。彼女はテーブルにスケッチブックを広げ、何本もの色鉛筆を駆使して絵を描いているようだった。その横顔は寂しげでもあり、充実しているようにも見える。

僕より二日早く死んでしまう彼女に親近感を覚え、なんとなく声をかけようか迷ったけれど、やめにしてエレベーターへ向かった。きっと彼女は病死するのだろう。だとしても彼女を憐れむ余裕など僕にはない。

少しだけ心の痛みを感じながら病院の外に出て、暮れていく空を見上げた。

土日はどちらもバイトが入っていたので、出勤時間になるまで自室でゲームをして時間を潰した。僕に残された時間は、あと『72』日。

大丈夫。まだ二ヶ月以上ある。その日がやってくるのは、まだまだ先のことだ。時間はたっぷり残っている。まだ大丈夫、まだ大丈夫。ぶつぶつ呟きながら、画面に現れたモンスターをなぎ倒していく。

どうしてかはわからないが次第に視界が歪んでいき、気づけば僕は涙を流していた。べつに悲しいわけじゃないのに、ぼろぼろ涙が零れ落ちる。

なぜ泣いているのか自分でも理解できなかった。

涙を拭うといつの間にか敵にやられていて、ゲームオーバーになっていた。

ちょうど時間だったので自転車を走らせてバイト先へ向かう。

三十分の通勤時間は、考えることが多い僕にとってはそれほど苦痛ではなかった。

タイムカードを切って着替えを済ませると、まずは飲料の補充に向かう。ブザーが鳴るとレジの応援に行き、それが終わると品出しと床拭きをする。バイトにも少しずつ慣れてきたが、新人の僕にできることはその程度だ。

黒瀬は今日も来店した。犬の散歩の途中で寄ったらしく、コンビニの敷地内にあるポールにミニチュアダックスフントのリードを結んでいる姿を店内から確認した。必死に働いている姿を知り合いに見られるのが照れくさくて、補充に行くふりをしてバックヤードに下がろうか迷っていたら私服姿の黒瀬が店内に足を踏み入れた。黒の長袖Tシャツにショートパンツを合わせたラフな格好だ。

黒瀬が僕に気づいたので、仕方なく「いらっしゃいませー」と感情をのせずに言った。

「休みの日も働いてるんだね」

「休みの日こそ稼ぎどころだから」

しゃがみこんでスナック菓子の補充をしながら、黒瀬の方を見ずに告げる。わざと怠そうに緩慢な動きで品出しをする。

「そんなにバイト入れて、なにか欲しいものでもあるの？」

黒瀬の問いかけに苛立ちを覚えた。一度カラオケには行ったけれど、大して仲良くもないのに仕事中に馴れ馴れしく話しかけてくるなよ、と思った。

「べつに、黒瀬には関係ないじゃん」

突き放すように冷たく言い放つ。本当に、この女には関係のないことだ。僕が急にバイトを始めた理由を、わざわざ話す義理なんてない。

「忙しいから、話しかけないで」

追い討ちをかけるように付け加える。

「そっか、ごめんね。バイト、頑張って」

黒瀬は平然と言うと、長い黒髪をなびかせてドリンクコーナーへ歩いていった。

僕は気にせずに作業を進める。黒瀬はレジに向かったが、田中さんに任せることにして次の仕事に取りかかる。

「これ、よかったらどうぞ」

おにぎりの補充をしていると、黒瀬はテープの貼られた栄養ドリンクを差し出してきた。

彼女の大きな黒い瞳は、真っ直ぐ僕を捉えている。

「……いいの？」

「うん。なんか、顔色よくないから」

受け取ると、黒瀬は踵を返して店を出ていく。外で飼い主を待っていたミニチュアダックスフントは、嬉しそうに尻尾をぶんぶん振っていた。

ひんやりと冷たい栄養ドリンクの瓶を握りしめる。またしてもお礼を言いそびれてしまった。今度彼女に会ったら、まずは謝ろうと思った。あんなに冷たくあしらったのに、黒瀬は僕を心配してくれた。僕がしたことは、ただの八つ当たりなのだ。

自分の死が確定してから、馬鹿みたいに必死に働くなんて我ながら滑稽だった。僕は尻に火がつかないと行動に移せない愚か者だ。

僕が生きてきた十六年間の怠惰な日々は、もうすぐ幕を閉じようとしている。あれだけ時間があったというのに、なにもしてこなかった自分が情けなく、腹立たしくもあった。終わりが見えた今になって焦り出しても、なにもかも手遅れだというのに。

黒瀬に悪気はなかったはずなのに、苛立って当たってしまった。

何事もなかったかのように犬の散歩に戻る黒瀬の背中を、申し訳ない気持ちで店内から見送った。

月曜日、朝食のトーストを半分ほど食べたあと、服を着替えて家を出た。

今日は珍しく、鞄持ちの少年の姿がなかった。ついに不登校になってしまったのか、それとも寝坊しただけなのか。どちらにせよ僕には関係ないし、知る必要もない。それなのにどうしてか、登校する小学生の群れの中にあの少年を捜している自分がいた。

「はあ〜あ」

駅で和也と合流すると、彼はホームのベンチに腰掛けて大きく息を吐き出した。

「どうしたの？　朝からそんなため息ついて」

「見ろよ、これ」

和也は携帯電話の画面を僕に向ける。見ると、天気予報のアプリを起動させていた。

「おお、いいじゃん。今週ずっと晴れマークだ」

「それが大問題なんだよ。雨が降ってくれないと、唯《ゆい》ちゃんに会えない」

ああそうか、と合点がいった。唯ちゃんとは、和也の想い人である雨女のことだ。

「普通に遊びに誘えばいいじゃん。連絡先交換してないの？」

「この前やっと交換したよ。でも、断られたらショックだから誘う勇気がない」

春に出会ったというのに、最近になってようやく連絡を取り合う仲になったらしい。雨の日にしか顔を合わせないとはいえ、チャンスはいくらでもあっただろうに。彼は物怖じしない性格だが、こと恋愛になると話は別だ。好きな子に気軽に話しかけることはできても、最後の肝心なところで踏みこめない。自信家でありながら、臆病な一面も持ち合わせている。それが野崎和也という男だ。

「あ、でもさ、来週台風が来るらしいよ。けっこう大型の台風みたいだから、しばらく雨が降るんじゃない？」

和也にとっては朗報だと思ったが、彼はさらに深いため息を漏らす。

「お前馬鹿か。台風が来るのはさすがに喜べないし、そんなに大型なら電車走らないって」

正論すぎてなにも言い返せなかった。やってきた電車に乗って、僕たちは学校へ向かう。学校に着いて廊下を進んでいると、俯きがちに歩く黒瀬とすれちがった。

「あ、黒瀬。この前さ……」

栄養ドリンクのお礼と、冷たくしてしまったことを謝ろうと思った。しかし黒瀬は一瞬立ち止まったあと、なにも言わずに歩き去った。

「黒瀬ちゃんとなんかあった？」

黒瀬に無視された僕を憐れむような目で、和也が聞いてくる。「なんもないよ」とだけ返事をして教室へ歩を進めた。

今日はバイトが休みなので、放課後になると文芸部の部室に足を運んだ。僕が一番乗りだったらしく、定位置に腰掛けて椅子の背もたれに体重を預け、しばらく真っ白な天井を見つめる。

どのくらいそうしていただろうか。首が痛くなった頃に姿勢を戻した。相変わらずこの部室は、時間を忘れさせてくれる。軽音楽部の雑な演奏が遠くから聞こえてくるが、それさえなければもっと心地いいのに。

部室のドアが開き、そこに黒瀬が立っていた。僕と目が合うと、彼女は気まずそうに顔を伏せていつもの席に座った。

ふたりして本を開き、しばし無言で読み続ける。僕の携帯が鳴って、画面を見ると和也からメッセージが届いていた。

『今日は気分転換にカフェで小説書くから、部活は休む』

早く言えよ、と返事を打って画面を閉じる。クラスメイトたちと談笑していたのでのちほど来ると思っていた。和也が来ないのなら僕も帰ろうと、帰り支度をする。

「……あの、今朝は無視したわけじゃないから」

黒瀬は躊躇いがちに口を開いた。僕の方は見ずに、手元の本に視線を落としながら。

「えっと、そうなの？」

あれは明らかに無視だ。そうじゃないと言うのなら、いったいなんだったのか。彼女の言葉を待った。

「私と話すと、新太くんも変な人だと思われちゃうから。だから、部室以外で私に話しかけない方がいいよ」

意味がわからなかった。たしかに黒瀬は変というか、少し不思議なやつであることは前から知っている。なにを今さらと思ったし、どうして黒瀬と話すと、僕まで変人扱いされるのか理解できなかった。

「それ、どういう意味？」

「……言わないとわからない？」

わかるわけがないと答えたかったが、なんだか負けたような気がして閉口する。

「私、ちょっとお手洗い行ってくる」

読んでいた本を鞄に入れ、彼女は部室を出ていく。なんだよと思ったそのとき、黒瀬の鞄が倒れて中身が机に散らばった。

書店のカバーがつけられた数冊の本が重なっており、元に戻してやろうと立ち上がる。

ふと、黒瀬が普段どんな本を読んでいるのか気になって、好奇心に負けた僕は拾い上げたそれを開いてしまった。

『明日、死ぬとしたら』

そんなタイトルが目に飛びこんできて、思わず本を閉じる。てっきり彼女も小説を読んでいるのだと思っていたが、死生観に関する本だった。悪い気はしたけれど、もう一冊手に取って開いた。

『生きることと死ぬこと』

すぐに本を閉じ、もう一冊に手を伸ばす。それも似たようなジャンルだった。

さらにもう一冊、至るところに付箋が貼られた本があった。

『これを読めばコミュ力倍増！　誰にでも実践できる、上手なコミュニケーションの取り方』

どうやら黒瀬は生死だけでなく人付き合いにも悩んでいるらしい。見てはいけないものを見たような気がして、そっと鞄に入れた。これでますます、黒瀬のことがわからなくなってしまった。

　席に座ると、黒瀬が戻ってきた。

「和也くん、遅いね」

　さっきの話などなかったかのように、彼女はけろっとした表情で言った。

「今日は部活出ないって連絡来た。僕そろそろ帰るけど、黒瀬はどうする？」

「じゃあ、私も帰る」

　ふたりで部室を出たあと、黒瀬は僕の少し後ろを歩く。そういえば和也と三人で廊下を歩いたときも、同じように離れて歩いていた。

　学校の敷地を出たところで、黒瀬は自転車を押してようやく僕と並んで歩く。先ほど見た本のタイトルが、頭から離れなかった。

「そういえば、部誌どうしよっか」

「ん？　ブシ？」

　一瞬武士という言葉が頭に浮かんだが、すぐに部誌に変換された。文化祭で販売する部誌の作成を和也に頼まれていたのだった。僕に残された時間はあとわずかだ。部誌の作成に費やすのは気が乗らない。

「それなんだけど、バイトで忙しいから黒瀬にお願いしていい？　和也が中学の頃に書いた短編小説で、面白いのがあるんだ。それを載せればいいと思う。ページ数が足りないなら適当に絵でも描いて、かさ増しすればいいいんじゃないかな」

時間は有限だ。部員の中で唯一、命の期限が見えていない黒瀬が適任だと思った。もうすぐ死んでしまう僕と和也には、部誌ごときに使う時間などないのだ。

「わかった、いいよ」

黒瀬はあっさりと首肯してくれた。彼女とは駅で別れて、僕の貴重な一日は無情にも過ぎ去っていった。


「望月くん知ってる？　店長のところね、もうすぐ子どもが生まれるらしいよ」

僕の頭上の数字が『66』になった日、パンの補充をしていると田中さんが客足の途絶えたタイミングでこっそり教えてくれた。

「……そうなんですか？　店長のお子さん、いつ頃生まれるんですか？」

「たしか今月末って話だったと思うけど。男の子なんだって」

「……そうですか」

今日から十月に入った。昨日目にした店長の数字は『15』。予定どおり生まれてくるなら、店長は息子に会うことができずに死んでしまう。それが店長の運命なのだから仕方ないとはいえ、気の毒に思った。

「結婚九年目にしてようやく授かったって、店長ずっと喜んでたのよ」

「それは……すごく楽しみですね」

それ以上聞きたくなくて、僕は用もないのにバックヤードへ下がる。スイッチひとつで消せるなら、今聞いた話を頭の中から消し去ってしまいたかった。

「お、望月くん。お疲れ」

出勤してきた木村店長が、『14』の数字を揺らしながら僕の肩を叩く。

「お疲れ様です」

視線を下げて応える。店長はいつも、午後九時を回ると出勤してくる。夜勤は店長ひとりだけで、朝になるまで交代は来ない。田中さんの話では、夜勤のアルバイトが最近急に辞めたらしく、ここ一ヶ月は休みを返上して店長ひとりで回しているようだった。そのせいなのか、店長の顔色は芳しくなかった。

「時間になったな。望月くん、上がっていいよ。お疲れさん」

床のモップがけをしていると、店長がバックヤードから出てきて僕の背中をポン、と叩く。気づけば時計の針は午後十時を回っていた。

「あの……店長」

「うん？」

言葉を探していると、客が来店してきてすぐにレジにやってきた。タバコを買いにきたらしく、店長が対応する。常連のようで、店長と話を始めたため僕は休憩室に下がった。

着替えを終えてタイムカードを切り、店内に出ると先ほどの客の姿はなかった。

「望月くん。さっきなにか言おうとしてなかったかい？」

レジカウンターを布巾で拭きながら店長が聞いてくる。

「いえ、なんでもありません。お疲れ様です」

そう返事をして、僕は店を出た。

夜風を切って自転車を走らせる。少し肌寒く、長袖のTシャツ一枚だとそろそろ厳しいなと思った。

ふいに視界が歪み出して、目に涙が溜まっていることに気がついた。少しでも気を抜いてしまうと、最近はいつもこうだ。悲しいわけじゃないのに、どうしてか涙腺が緩む。

唇をぐっと噛みしめて、力強くペダルを漕いで自宅までの道を急いだ。


十月に入ってから、制服は夏服から冬服に変わった。まだ夏服を着ている生徒もちらほら見受けられるが、大半は男子も女子も紺色のブレザーを着て登校している。いよいよ僕の寿命も残りわずかなんだなと実感する。

授業が始まるとさっそく鞄の中を漁って読もうと思っていた本を探す。だが、うっかり忘れてきてしまったようだ。約六百ページもある長編ミステリ小説を今日中に読破しようと意気込んでいただけにショックで、早退しようか真剣に悩んだ。

しかしそうもいかず、仕方なく携帯電話をいじる。ネットニュースをひととおり見て、次にゲームアプリを起動する。指で弾いて敵モンスターを倒し、スタミナがなくなったところで中断する。

まだ一時間目だというのに、もうやることがない。そのときふと思い出したことがあって、ツイッターを開いてみた。

ログインしたのは半年ぶりだろうか。フォロワーが十万人を超える僕のアカウントには、ダイレクトメッセージが数百件溜まっていた。

実は中学生の頃、この見えてしまう力を利用し、自分は予言者であると公言してSNS界に降臨し、世間を騒がせたことがあった。

写真やテレビの映像でも、頭部さえ見ることができれば例の数字を視認できる。収録の場合、多少の誤差は生じるが、生放送ならば著名人の死を的中させられる。

ベテランアナウンサーや大御所俳優、ミュージシャンの死を次々と言い当てると、瞬く間にフォロワーが増えていった。メッセージが何百何千と届いた。そのほとんどが自分や友人、恋人、家族など身近な人の寿命を見てほしいという内容だった。

アカウント名は『ゼンゼンマン』。ドイツ語で死神を意味する言葉だ。当時、文字どおり中二病だった僕は、自分が必要とされている気がして舞い上がり、写真を送ってもらい、寿命が見えた人にだけ片っ端から返信した。

始めたのはただ暇だったからで、誰かの力になりたいだとか、そんなつもりは更々なかった。数ヶ月で飽きてしばらく放置し、思い出した頃に予言を再開してまた飽きたら放置、というのを繰り返していた。

そして今日、久しぶりにツイッターを開き、過去の自分の愚かさに嘆息する。人の命を愚弄するような真似をしたから、罰が当たったのかもしれない。

メッセージを開いてみると、懲りずに寿命を見てほしいという内容のものが多かった。雑誌の取材依頼などもあって、肝を冷やす。

一通一通開いていくと、目を疑うような写真が飛びこんできて思わず声にならない声を上げてしまう。

「ん？　どうした望月」

数学の教科担任に気づかれてしまい、慌てて携帯を隠す。

「すみません、なんでもないです」

教師が黒板に向き直ると、すぐに携帯の画面を確認する。

マロンというアカウント名の人物からのメッセージで、受信したのは二週間前となっていた。

『ゼンゼンマンさん、お久しぶりです。突然ですが、このふたりの寿命を教えていただきたいです。たぶん、近々死んでしまう気がしています』

メッセージと一緒に、写真が添付されていた。

やはり、見まちがいなんかじゃなかった。

ゼンゼンマン宛てに送られてきたその写真には、部室で座る僕と和也の姿が写っていた。

放課後、バイトのない日なので部活に出ようと思っていたが、少し躊躇った。先ほど見た写真のことが引っかかっている。

――このふたりの寿命を教えていただきたいです。たぶん、近々死んでしまう気がしています。

一応、断定はしていないものの、ただの好奇心で頼んできたのではない。おそらく撮影者は僕と和也の寿命がわずかだということに気づいている。なぜその事実に気づいたのか判然としないが、黙殺するわけにはいかず、どう返信するべきか逡巡した。

履歴を辿るとマロンという人物とは、中学の頃メッセージのやり取りをしたことがあった。

『おじいちゃんが病気で、もういつ死んじゃうかわかりません。ゼンゼンマンさん、おじいちゃんの寿命を教えてほしいです』

病室のベッドに横たわる老年男性の写真と一緒に、それは僕のもとに届いた。男性の頭上には『9』の数字が浮かんでおり、当時の僕はすぐさまマロンに返信した。

『残念ですが、この写真を撮った日から数えて、九日後にこの方は亡くなります。後悔のないように、最後までそばにいてあげてください』

善人ぶって、思ってもいない言葉を添えて。

『おじいちゃんはどうしても助かりませんか？　どうしても死んじゃいますか？　助けてほしいです』

すぐに縋るような返信が届き、面倒くさくなった僕は『どうしても助かりません。どうしても死んじゃいます。助けられません』と返した。

『ゼンゼンマンさんの言うとおり、おじいちゃんは死んでしまいました。でも、ゼンゼンマンさんのおかげで、大好きなおじいちゃんが亡くなる前にちゃんとさよならを言えました。ありがとうございました』

その後、そんなメッセージが届いていた。

なんとなく、小学生くらいの子なのかなとそのときは思っていたが……。

僕は数分逡巡したあと席を立ち、部室へ向かった。送られてきた写真は、まちがいなく部室で撮られたものだ。こんな写真を撮れる人物はひとりしかいない。

マロンの正体は、黒瀬舞以外考えられなかった。

和也は今日もカフェで小説を書くとかで、部室には黒瀬ただひとり。彼女はカバー付きの本を読んでいて、先日目にしたタイトルが一瞬頭をかすめた。

僕は無言で黒瀬の後ろを通り、いつもの席に腰掛ける。鞄の中に手を突っ込み、本を探すが家に忘れてきたことを思い出し、ポケットから携帯を取り出す。

黒瀬を詰問するつもりでいたが、なかなか切り出せない。携帯のバッテリーと時間だけを、無駄に消費していく。再度マロンのメッセージを確認する。和也はパソコンに向かい、僕は本棚から抜き取った本を手にして席に戻る瞬間を収めた写真だ。画角的に、やはり黒瀬がいつも座っている位置から撮られたものでまちがいなさそうだ。よく見るとマロンのプロフィール画像に設定されている小型犬は、黒瀬が飼っている犬にそっくりだった。

さらに数分過ぎた。言葉が見つからず、バッテリー残量が赤色に変わる。黒瀬は一冊本を読み終えたようで、手を重ねて大きく伸びをした。

二冊目を読みはじめるのかと思いきや、彼女も携帯を弄り出す。問い詰めるなら今しかないと思った。

「……あのさ」

満を持して発した声がかすれてしまった。咳払いをして、仕切り直す。

「あのさ、黒瀬ってツイッターとかやってる？」

唐突だけれど、ありがちな話題だろうと思った。黒瀬は携帯を机の上に置き、こっちを見た。

「一応やってるけど」

「あ、やってるんだ」

「うん」

会話が続かず、ひと呼吸置いてから再び探りを入れてみる。

「ちょっと前に話題になった、ゼンゼンマンって人、知ってる？」

ゼンゼンマンという言葉を、人生で初めて口にした。いざ口に出してみるとやっぱり変で、今になってこのアカウント名はダサいことに気づかされた。

「……知らない」

想定外の返答で、三たび言葉に詰まる。知っていると答えてくれたならば、僕がゼンゼンマンですと名乗り出られたというのに。知らないと言われると、そこで会話は終わってしまう。

「その人が、どうかしたの？」

頭を抱えていたところにチャンス到来。意を決して、僕は冷静に、且つ真剣味を帯びた口調で言い放った。

「実はゼンゼンマンって、僕なんだ」

「……え？」

これほど馬鹿げたカミングアウトなど、ほかにあるだろうか。あまりにも響きが素っ頓狂で、改めて中二病に罹患していたあの頃の僕のネーミングセンスを恥じた。

もう一度、語気を強めて彼女に名乗り出る。

「だから、僕がゼンゼンマンなんだって！」

言えば言うほど、真実味が薄れていく。けれど、僕はまちがったことは言っていないし、ほかにふさわしい台詞も見つからない。とにかく、信じてもらうしかなかった。

「ちょっとなに言ってるかわからないんだけど、落ち着いて？」

黒瀬も動揺している様子で、目が泳いでいた。

「新太くんがゼンゼンマンって、本当なの？」

つい先ほど知らないと言っていたが、彼女は身を乗り出してそう聞いてきた。

「うん、本当。とりあえず、なんかかっこ悪いからその名前今から禁句で」

黒瀬は顎に手を当てる。きっと理解が追いつかなくて、思考を巡らせているのだろう。

「僕と和也の写真を撮って送ってきたマロンって、黒瀬でしょ？」

沈思黙考を続ける彼女に問いかける。この部室で撮られたものなのだから、黒瀬以外考えられない。そして僕と和也を撮影してゼンマンに送ったということは、僕たちがもうすぐ死んでしまうことを知っているとしか思えない。なぜ知っているのか、僕はそれが知りたかった。

「えっと、本当に、新太くんなの？」

僕はこくりと頷く。信じてもらうために、ツイッターに表示された写真を開いたままにして携帯を黒瀬に渡す。

彼女は僕の携帯を手に取ると、白くて細長い指で操作する。彼女の中で納得がいったのか、そっと携帯を僕に手渡した。

「……なにから話せばいいんだろ」

黒瀬は机に肘をつき、額に両手を当てて顔を隠すように俯いた。僕は彼女の考えがまとまるのを待った。

「ちょっと待って。新太くんがゼンゼンマンってことは、じゃあもう知ってるの？」

黒瀬の言いたいことはわかる。

「知ってる。和也が十二月一日で、僕がその五日後」

「……そうなんだ。自分のも見えるんだね」

なにがとは、僕も黒瀬も言わなかった。黒瀬はあえて言わなかった気がした。それは優しさではなく、口にするのが怖かったからだと思った。

「それで、黒瀬はどうして僕と和也の写真を？」

ややあって、黒瀬は観念したように口を開いた。

「実はね、私も見えるんだ。小さい頃から、ずっと」

「見えるって、なにが？」

「まもなく死が訪れる人の背後に、黒い靄《もや》みたいなものが……」

そこで初めて、黒瀬は死という単語を使った。とても言いづらそうに、心苦しそうに彼女はその言葉を口にした。

「……その黒い靄が、僕と和也の背後に？」

黒瀬は無言で頷いた。しばしの沈黙が流れる。

僕は自分の見えてしまう力を自認してから、インターネットで同様の力を持っている人を探したことがある。すると僕と同じ悩みを抱える人が、少なからずいたのだ。見え方は千差万別で、僕のように数字で見える人はいなかったけれど。

ある人は死期が近い人の体が二重に見えたり、ある人は死期が近い人の体が透けて見えたり。またある人は顔に浮かぶ黒い影——いわゆる死相というやつを見抜けるなど、とにかく見え方は十人十色だが人の死を予知できる人間は僕以外にも存在していたのだ。

黒瀬のように黒い靄を視認できる人や、中には死神が見えるという人までいた。どこまで本当かは判然としないが、人の寿命が見えて辟易している仲間はたしかにいた。

まさか黒瀬にもそんな力があったとは、想像もしていなかった。彼女が読んでいた死生観に関する本を思い出す。彼女も今まで、たくさんの死を見てきたはずだ。人の死について、なにか彼女なりに答えを探していたのかもしれない。

「僕と和也がいつ死ぬか、それを知ってどうするつもりだったんだよ。ただの好奇心？」

「それもあるけど、一番の理由はふたりを助けたいと思ったから。私に見えるのは死が近づいていることだけ。いつ死ぬかまではわからなくて」

黒瀬は僕を見てそう言ったが、視線は背後に向けられている気がした。彼女には黒い靄が見えているのだろう。

「もしかして、文芸部に入部したのもそれが理由？」

「うん。最初は和也くんだけだと思ってた。もうひとりの部員は夏休み明けから学校に来なくなったって聞いてたけど、やっと来たかと思えば……黒い靄が見えて……」

申し訳なさそうに、黒瀬は顔を伏せて言った。

「そうだったんだ。てっきり和也のことが好きで、それで入部したんだと思ってた」

「ちがうよ。私はただ、和也くんを死なせたくないだけ。もちろん新太くんも」

黒瀬のその言葉だけは、僕には理解できなかった。彼女はさらに続ける。

「でも、安心した。ふたりがいつ死んじゃうかわかってるなら、頑張れば死なずに済むよね！」

「いやいや。死なせたくないって、本気で言ってんの？　僕も和也も、黒瀬にとってはただの部活仲間だし、助ける義理も理由もないじゃん」

「ちょっと待って。新太くんは当然、和也くんを助けるつもりなんだよね？　友達だもんね、助けるよね」

自分に言い聞かせるように彼女は言う。僕はかぶりを振った。

「助けるつもりはないよ。運命には逆らわないのがこの世の道理だと思ってるから」

「それ、本気で言ってる？」

「うん。本気で言ってる。今までもそうしてきた」

僕がそう言うと、黒瀬が目の色を変えた。

「……最低！　友達が死ぬのに、見て見ぬふりをするの？」

黒瀬は机を叩いて立ち上がり、気色ばんだ。僕が返事をする前に、部活動終了を告げるチャイムが鳴った。

「……僕だって当然和也には死んでほしくない。でもさ、それが運命なら、素直に受け入れるべきだと思う」

チャイムが鳴り終わるのを待ってから、僕は力なく言った。死生観は人それぞれだ。僕には僕の考え方があり、正解なんてものは存在しない。しかし黒瀬は納得がいかないようで、まだ僕を睨んでいる。

「下校時間だから、歩きながら話そう」

僕は鞄を持って立ち上がり、部室を出る。黒瀬は僕の数歩後ろを歩く。

校門を出て周りに人がいないことを確認してから、黒瀬が横に来たので先ほどの続きを話す。なぜ僕が人助けをしないのか、一から説明した。

中学の頃、少年の命を救ったあと、酷い目にあったこと。身近な人を見殺しにしてしまったこと。

とにかく僕は、本来死ぬ運命の人を救うのは、危険な行為だと説いた。事故や殺人なら巻きこまれるかもしれない。黒瀬の頭上に数字は浮かんでいないので死ぬことはないが、大怪我はするかもしれない。だから絶対にやめておけと、忠告した。

対する黒瀬の言い分は、こうだ。

「私にこの力があるのは、人の命を助けるためだと思う。そうじゃないならどうして見えるのか、なんのために見えるのかわからない。きっとなにか意味があるんだよ、たぶん」

僕も最初はそう考えた。でも、そうじゃないことに気づいた。僕が出した答えはその人を気にしつつ、静かに見守ること。その人との最後の時間を後悔しないように過ごし、死を見届けること。余計なことをしてはいけないと自分に何度も言い聞かせてきた。僕と黒瀬は根本的に考え方がちがう。

「それで、実際に人の命を救ったことはあるの？」

「……ない」

「だろうね。実際、口で言うほど簡単なことじゃないんだよ。死ぬ日を知っていても、正確な時間や死に方まではわからない。それにもし病死だとしたら、助けようがないし」

黒瀬は痛いところをつかれたのか、反論してこなかった。

「僕が思うに、死が見えた人と後悔のないように、最後の時を大事に過ごしなさいってことなんだよ、きっと。だから命を救うだとか、運命を変えるようなことはしない方がいいと思う」

黒瀬の愚かな考えを改めさせるべく、僕はゆっくりと諭すように言った。僕と黒瀬、どちらが正しいのかはわからない。わからないけれど、どちらもまちがっていないことはたしかだ。

駅に到着したので、黒瀬とはそこで別れた。彼女は自転車を押して、なにか考えこむように視線を下げて歩いていく。遠ざかる黒瀬の背中を、僕はしばらく見つめた。

僕は家に帰ったあと、黒瀬と話したことを頭の中で反芻する。僕と似たような力を持つ人がこんなに身近にいたなんて、正直驚いた。

黒瀬の軽蔑するような目を思い出して、ひとつため息をつく。彼女が僕に対して怒りを覚えたのは無理もない。僕だって最初は黒瀬と同じように、人の命を救おうと思っていた。黒瀬には薄情な人間だと思われたかもしれないが、なにもしなかったわけじゃない。

——中学一年のとき、ずっと好きだった女の子の運命を変えるため、奔走したことがあった。

幼馴染の夏川明梨は、僕の初恋の少女だ。彼女とは幼稚園の頃からの付き合いで、僕はずっと明梨に恋をしていた。

中一の二学期が始まって一週間が過ぎた頃、通学途中で明梨の頭上に忌々しいあの数字を確認した。僕は慄然《りつぜん》として、しばらくその場を動けなかった。

「新《しん》ちゃん？　大丈夫？」

僕のことを新ちゃんと呼ぶ明梨は、『31』の数字を浮かべながらキョトンとした顔で言った。そのときの明梨の顔と数字は、今でも脳裏に焼きついている。

浮かんだ数字は『99』ではなく、なぜいきなり『31』なのか。以前にも同じ事象はあったが、そんなことを考える余裕もなかった。

その日から明梨と顔を合わせるたびに、胸が押し潰されるように苦しかった。明梨のことを思い、涙を流した夜は数え切れないほどあった。どうしたらいいのか、誰でもいいから教えてほしかった。

ひとつ気になっていたのは、数字が浮かんでいたのは明梨だけではなく、彼女のクラスに複数名いたことだ。明梨のほかに女子がふたりと男子がひとり、頭上に同じ数字が浮かんでいた。

明梨の運命の日は、この中学伝統の遠足という名の登山がある日だった。まちがいなく、明梨たちは遠足でなんらかの事故に巻きこまれて死ぬのだと思った。

登山中の事故と仮定して、考えられるのは落石や滑落、野生動物に遭遇して襲われるなどだ。高山病も疑ったが、そこまで標高の高い山ではない。

僕はなんとしてでも明梨の運命を変えてやろうと思った。身を挺して、明梨の命を救おうと。だから僕は、その日が来る前に、遠足が中止になるよう計画を練った。

明梨の数字が『3』になった日、ついに僕は行動した。学校に匿名で電話して、遠足を中止しないと校舎に爆弾を仕掛ける、と脅そうとした。幼稚な目論見だったと思う。でもそのときは、これで解決するはずだと本気で思った。

公衆電話からかければ足がつかないだろうと考え、自転車に乗って探し回った。

一時間以上かけてコンビニに併設された公衆電話を見つけ、受話器を手に取る。しかし、ボタンを押すのは躊躇われた。

声で僕だと気づかれてしまったら、退学になるかもしれない。逮捕されて犯罪者になるかもしれない。そう考えると怖くなった。

それでも僕の意思は固かった。順番に番号を押し、コール音が鳴る。コール音とともに、鼓動が耳元で聞こえるくらいまで加速していく。

電話に出た低い声に、一瞬びくりとした。聞き覚えがなかったので、きっとほかの学年の教師だろう。

僕は声を失っていた。「もしもし？」と苛立ったような声が受話器から響いてくる。とにかく怖くて、受話器を持つ手が震えた。

視線を彷徨わせていると、偶然防犯カメラを見つけ、心臓が止まりそうになる。当然このコンビニの防犯用のものだろうが、カメラのレンズは完全に僕を捉えていた。

ずっと監視されていたような気がして乱暴に受話器を戻し、逃げるように自転車に跨ってその場を離れた。

僕のようなごく普通の中学生が運命に抗うのは、やっぱり無理なのだろうか。涙を流しながら自転車を漕ぎ、唇を嚙みしめて自分の無力さを呪った。

「ねえ明梨、明日の遠足サボってどこか行かない？」

明梨の命の期限が『1』になった日の下校中、僕は彼女に提案した。遠足にさえ行かなければ、明梨が死ぬことはないのだ。

「なに言ってんの！　あたし実行委員なんだから、休めるわけないでしょ。あ、わかった。山登るのが嫌なんでしょ？　新ちゃんは軟弱だもんね」

明梨はおどけた声でそう言ったが、僕はいつものように言い返すことができなかった。

「明日、遠足に行ったら死ぬかもしれない……」

「いやいや、そんなことあるわけないって。そんなに行きたくないなら新ちゃんだけ休めばいいじゃん」

「それじゃ意味がない……」

僕が力なく言うと明梨は顔を背け、むすっとした表情で答える。

「とにかく、あたしは遠足行くから」

「……わかった」

明梨の不興を買ってしまい、そこからは無言で歩き続けた。赤信号で立ち止まる時間が気まずく、このまま横断歩道を渡ってしまいたかった。

やがて僕の家が見えてきて、明梨とはそこで別れた。彼女の自宅は、この先にある。

ふたりで下校するのはこれで最後になるかもしれない。そう思ったけれど、明梨を呼び止めることができなかった。

遠ざかる明梨の小さな背中が見えなくなるまで、僕は見送った。見えなくなってからもしばらく、その場に呆然と立ち尽くしていた。

彼女の頭上に数字が見えた日から散々策を練ったけれど、遠足を阻止することはできなかった。

その日の晩、僕は必死に考えた。どうすれば明梨を救えるのか。なにか手はないのか。部屋の中をぐるぐる歩き回って対策を講じた。登山中に起こりうるさまざまな事故を思い浮かべ、ノートにメモを取る。事故が起きたときにどう行動するかなど、細かく書き出していく。

ついにはノートを閉じたあと、僕は窓際に跪《ひざまず》いて雨乞いを始めた。雨が降れば遠足は延期になる。そうなればきっと、明梨の寿命は延長される。窓越しに空を見上げるが、下弦の月は輝きを放ち、星たちは愚かな僕を見下すように煌めいている。予報では、明日は快晴となっていた。

結局、外が明るくなっても寝つけず、うとうとしはじめたところで起床時間となった。僕はアラームが鳴ってもベッドから出られずにいた。

頭がずっしりと重たく、体の疲れも残ったままだ。あまり食欲がなく、出された朝食に手をつけずに家を出た。

見上げると雲ひとつない青空が広がっている。雨乞いなんて二度としないと誓った。

遠足の実行委員だからか、すでに明梨の姿はなかった。そうだとしてもひと声かけてくれたらいいのに。もしかしたら昨日の口論のせいかもしれない。余計なことを口走っていなければ、今頃隣に明梨はいたはずだ。

落ちこみながら学校まで歩くと、敷地内の駐車場にバスが三台停まっていた。集合場所は教室ではなく、校舎の前だ。すでにたくさんの生徒たちが集まっていて、僕は自分のクラスである二組の待機場所に向かった。

隣の一組の列に、明梨の姿があった。頭上の数字は『０』。今日のうちに息を引き取るであろう明梨は、同じく『０』を浮かべたクラスメイトと笑い合っていた。

まだ、チャンスはある。登山が始まったらうまいこと明梨のクラスの列に紛れこみ、彼女を護衛しようと思った。落石があれば盾になり、滑落しようものなら身を投げ出し、熊が現れるなら囮になる。昨晩ノートにあれこれ書きこみ、頭の中で何度もシミュレーションをしてきた。どんなイレギュラーな事態が発生しても、瞬時に動けるように軽装でやってきた。

抜かりはないはずだった。僕の思惑どおりに事が進めば、必ず明梨を救えると思っていた。それなのに次の瞬間、僕の目論見はあっさりと砕け散った。

「一組のみなさーん！　今日はよろしくお願いしまーす！」

声を上げたのはバスガイドの女性だ。彼女の姿を見て、あまりの衝撃に瞠目した。

彼女の頭上には、『0』の数字があった。見まちがいではなく、その数字はバスに乗りこむ彼女にぴったりとくっついていく。すでに乗っている運転手の頭上にも、同じ数字を確認した。

自分がいかに浅はかだったのか、思い知った。明梨が一番前の座席に腰掛けるのが見えた。数字が見える生徒は、主に前方の席に集中している。

「あたし遠足の実行委員に推薦されたんだけど、やろうか迷ってるんだよね。新ちゃん、どうしよう」

約一ヶ月前、学校帰りにそんな会話をした記憶が蘇る。立候補者がおらず、クラスの中心人物である明梨が適任だと担任に勧められたのだという。そのときはまだ、明梨の頭上に数字は浮かんでいなかった。

「んー、せっかく推薦されたんなら、やったらいいじゃん」

「でも実行委員になったら部活休まないといけない日もあるかもしれないし、大会も近いし、断ろうかなぁ」

　湿っぽい声で明梨は言った。彼女はバレー部に所属しており、遠足の三日前に一年生だけの大会があるらしかった。明梨は一年生チームのキャプテンで、両立できるか悩んでいた。

「遠足の実行委員なんてそんなにやることないでしょ、たぶん。部活でもクラスでも期待されててすごいじゃん。やったらいいと思う」

「うーん、たしかにそうかも。新ちゃんがそう言うなら、あたしやってみようかな」

「うん、応援してる」

「あ、でも実行委員はバスの座席が一番前なんだよねぇ。それは嫌かも」

　僕は一笑に付して、「それくらいいいじゃん」と言った。

　そのとき気づいた。僕が実行委員を勧めた日の翌日に明梨の頭上に数字が浮かんでいた。きっと偶然なんかじゃない。明梨が実行委員になったことで被害の大きい前方の席に座ることになり、彼女の運命が変わって頭上に数字が出現した。知らず知らずのうちに、僕が明梨の死を後押ししていたのだ。

　急に吐き気を催し、その場で嘔吐した。胃の中が空っぽだったからか、胃液しか出なかった。

「先生！　望月くんがゲロ吐いてます！」

　お調子者の生徒が僕を指さす。一斉に注目を浴びるが、そんなことはどうだってよかった。クラスメイトたちが続々とバスに乗りこんでいく中、僕は保健室に連れていかれ、遠足は断念することになった。

保健室の窓の向こうで、一組のバスが発車する。最前列の席から、明梨が心配そうに僕を見ていた。

「明梨！」と声を上げたが、すべてが手遅れだった。

僕が明梨を見たのは、それが最期となった。

約一時間後、一組の生徒を乗せたバスは大型タンクローリーと正面衝突し、横転。タンクローリーは爆発した。死者は合わせて八名、重軽傷者二十五名と凄惨な事故だった。

事故は連日報道され、原因はタンクローリーの運転手の過労による居眠り運転だと推測された。社員にまともな休養を与えず、法定時間外労働の上限を大幅に上回る残業を強要していたなど、杜撰《ずさん》な勤務体制が明るみに出た輸送会社は糾弾された。

僕はその輸送会社を恨むよりも、自分自身を責めた。僕のたったひと言で明梨は救えたのだ。

「実行委員、やりたくないなら辞退すればいい」

あのときそう言っていたら、明梨は死なずに済んだかもしれない。そうしていれば明梨は被害の少なかった席に座り、死を回避できていたはずだ。なにも考えずに、僕はあんなことを言ってしまった。明梨の死は、簡単に防げたかもしれなかったのに。

考えが及ばなかったせいで、僕は明梨を死なせてしまった。

事故の瞬間、明梨はなにを思っただろうか。新ちゃんの言うことを聞いて遠足を休めばよかった、そんなことを思う暇すらなかったかもしれない。一瞬の出来事だった。

明梨が死んでしまってから、僕は立ち直れなくて一ヶ月間学校を休んだ。

きっと僕がどう行動しても、明梨は死ぬ運命だったのだ。奇跡的に雨が降って遠足が延期になっていたとしても、明梨の死も同様に延期されるだけで、やっぱり死の運命からは逃れられなかった——。

僕は無理やりそう思いこむことで溜飲を下げた。

しかしその一年後、僕は偶然にも幼い少年の命を救った。死の運命は、僕の行動ひとつで変えられるのだとそのときに知った。

明梨を死なせてしまったのは、ほかの誰でもなく、僕自身だったのだと改めて気づかされたのだった。

誰かのために

黒瀬に自分がゼンゼンマンであることを打ち明けた週の木曜日、僕は授業中にミステリ小説を読んでいた。

移動教室の授業が複数あったため思ったより捗らず、残り百ページのところで放課後になった。ちょうど物語が佳境に差しかかっており、どうしても読み切りたかった。今日はバイトがあるので今を逃せば最悪明日になってしまうかもしれない。チャイムが鳴ると、真っ先に教室を飛び出して文芸部の部室まで走った。

バイトまではまだ時間がある。三十分後に学校を出れば間に合う。それなら読み切るのは難しくはない。

一番乗りだったらしく部室には誰もいなかった。椅子に腰を下ろすと、文庫本を開いて続きを読みはじめる。優れた小説というのは不思議なもので、途中からでも一行読んだ瞬間からその作品の世界に入りこめてしまう。僕が今読んでいる小説も、まさにそれだ。

数分後、部室のドアが開いた。僕は一瞥もくれず、読書に集中する。和也であればドアを開けると同時に声を発するので、今やってきたのは黒瀬だろう。口数が少ない方でよかったと思いながら、また一枚ページをめくる。

「今日も小説書くぞー、頑張るぞー」

さらに数分後、本当にそう思っているのかよくわからない気の抜けたかけ声とともに、和也が部室に入ってくる。椅子を引く音や鞄を机に置く動作がいちいち乱暴でうるさく、気が散ってきた。

「お、新太それなに読んでんの？　けっこう分厚いな」

「んー」

「いや、んーじゃなくて。面白いの？」

「んー」

その後も質問攻めにあったが、すべて「んー」で乗り切った。

「うああぁ、めちゃくちゃよかった……」

読み終わると本を閉じ、椅子の背もたれに全体重を預けて天井を見上げる。死ぬ前にこの小説を読めてよかったと心の底から思った。

「そんなによかったんなら貸して」

「いいけど、小説間に合うの？」

新人賞の締め切りに、ではなく、和也に残された『56』日以内に、という意味で僕は言った。

「うん、まあなんとかなるだろ。そんなに面白いなら読みたい」

僕の質問の意図など知る由もない和也は、本を受け取ると裏表紙のあらすじを読みはじめ、なにやらぶつぶつ呟いている。

気づけば部室に来てから三十分が過ぎていた。小説の余韻に浸る時間すらなく、僕は慌てて立ち上がって鞄を肩にかける。

「新太帰んの？」

「帰る。今日バイトなんだ。また明日な」

「おう、お疲れ」

黒瀬はなにか言いたそうに僕を見ていたが、かまわず部室を出た。

彼女に打ち明けてしまったせいで少し気まずかった。

――最低！

昨日黒瀬が放った言葉が、まだ僕の胸に刺さっている。普段は冷静な黒瀬があんなに感情的になるなんて。冷めているようで人の命を救いたいなどと、心の内には熱いものを秘めている。本当の彼女の姿が垣間見えたような気がして、そこだけはなぜか少し嬉しかった。


バイト先のコンビニに着いたのは出勤時間の五分前で、タイムカードの前で息を切らしていると、田中さんに「もっと余裕を持って出勤してきなさい」と軽く笑われた。

呼吸を整えてから店内に出て、まずは飲料の補充に向かった。

一時間過ぎたところで今日も黒瀬がやってきた。

「……いらっしゃいませー」

黒瀬は僕を一瞥すると、一直線にお菓子コーナーへ歩いていく。歩くたびに制服のスカートがひらひらと舞い、彼女の長い脚が強調される。

僕は気にせずに作業を再開する。しかし黒瀬はすぐにレジに向かったので、仕方なく僕も続いた。

「百二十六円」

黒瀬仕様の接客態度で代金を要求する。彼女は財布からぴったり百二十六円を取り出して僕に手渡す。

「これ、あげる」

彼女はそう言って、また一個三十円のチョコ菓子を僕にくれた。

「どうも」

「今日、十時に終わるんでしょ？　そのあと少し話せない？」

「え、いやでもそんな時間に出歩いて大丈夫なの？」

夜遅くに女子高生が出歩くのは親が許さないだろうと思った。

「うちは平気。そういうの、けっこう緩いから」

「……じゃあ、少しなら」

僕がそう言うと、黒瀬はにこりと笑って店を出ていった。

ふたりでいったいなにを話すというのか。あまりいい予感はしないけれど、彼女と話をしたいと僕も思っていた。僕と同じような力を持っている黒瀬に、以前よりも親近感が湧いたのだ。

自転車に乗って走り去っていく黒瀬を店内から見送って、作業に戻った。

「望月くんお疲れ！　いやぁ、寝坊しちゃったよ」

『9』の数字を浮かべた店長は、頭を掻きながら午後九時五十分過ぎに出勤してきた。最近は夜勤明けのまま昼過ぎまで仕事をしていることもあるらしかった。毎日身を粉にして働く姿は見ていて心配になる。

「お疲れ様です。店長は少し働きすぎですよ」

思ったことをそのまま口にした。店長は、あははと笑うだけで、休憩室に入っていった。ついに一桁になってしまったのか、と気の毒に思ったが、僕の頭上に浮かぶ数字も、やがて一桁になり『0』になる。決して他人事ではないのだ。

時間が来たのでタイムカードを切り、店の外で待っているであろう黒瀬のために急いで着替えを済ませる。

「お疲れ様でした」

「はい、お疲れ」

店長にひと声かけて店を出るが、黒瀬の姿はまだなかった。

数分待っていると、暗闇の方から足音がした。外灯に照らされて黒瀬だと気づく。彼女は黒いパーカーにデニムのショートパンツという出で立ちで、両手をパーカーのポケットに突っ込んで歩いてきた。

「あ、お疲れ様」

黒瀬は僕に気づくと、労いの言葉をかけてくれた。僕は「うん」とだけ返事をする。

「それで、話ってなに？」

「すぐそこに公園があるから、そこで話そう」

黒瀬に先導され、僕は自転車を押して歩く。

本当にすぐ近くに小さな公園があった。看板にはやなぎ公園と書かれており、園内には紅葉しはじめた数本のやなぎの木が秋を感じさせている。外灯に照らされたやなぎは不気味で、悪寒が走った。

園内にはほかに、すべり台にブランコ、鉄棒、馬のスプリング遊具がふたつ。奥には雲梯もあり、広さの割に遊具は充実している。時間が時間なだけに人の姿はないが、昼間は子どもたちで賑わっているんだろうなと思った。

「さすがに夜は冷えるね。あ、星が綺麗」

ベンチに腰掛け、黒瀬は空を見上げる。つられて目を向けるとたしかに綺麗だった。久しぶりに空を見た気がして、僕はしばらく夜空に浮かぶ光の粒たちを眺める。

「あそこの店長さんも、死んじゃうんでしょ？」

ひと足先に天体観測を終えた黒瀬が、俯きがちに言った。

「ああ、木村店長のことか。九日後に死ぬよ、残念だけど」

見え方はちがえど、黒瀬にも彼の死の前兆が見えている。そして僕の背後にも。暗闇に紛れて、今は見えづらいのかもしれないけれど。

「……そっか。私、子どもの頃から買い物してたな、あの店長さんから。すごく優しい人だよね」

「うん」

従業員だけでなく、店長は客からも好かれている。その理由は一緒に少し働いただけの僕にもよくわかる。店長はとにかく温かい人なのだ。

もうすぐ子どもが生まれ、温かい家庭を築くはずだったのに死んでしまう。

田中さんに聞いたところによると、店長はまだ三十八歳だというのに。

「ねえ、ふたりで店長さんを助けられないかな？」

「……昨日も話したと思うけど、僕は人の生き死にを変えることに関わる気はないよ」

「新太くんはなにもしなくていいよ。ただついてきてくれればいいから」

「どういうこと？」

僕は黒瀬に視線を向ける。彼女も僕を見て口を開く。

「当日は店長さんを尾行する。死にそうになったら私が救う。ひとりじゃ不安だからついてきてよ」

難しいことをさも簡単なことのようにサラッと言う黒瀬に呆れてしまう。真っ直ぐな彼女の目が僕には眩しく見えて、思わず目を逸らした。

「殊勝なことだとは思うけど、無駄だと思うよ。病死ならどうしようもないし」

「三十代の死因第一位は自殺らしいよ。十代二十代もそうらしいけど。自殺ならうまくいけば防げると思う」

その話は僕も知っていた。たしかに日本は自殺大国だと言われているが、僕は店長の死因はほかにあると踏んでいる。

「たぶんだけど、店長は自殺なんかしないと思う」

「どうしてそう思うの？」

「もうすぐ子どもが生まれるらしくてさ。そんな人が自殺なんてするかな」

思惑が外れたのか、黒瀬は顎に手を当てて考えこむ。当て推量だけれど事故死か病死のどちらかで、僕は後者だろうなと予想している。

「じゃあ事故死かな。誰かに恨まれるような人には見えないから他殺はないと思うし」

「病死が濃厚だと思う。店長、最近顔色悪いし」

黒瀬の返事はなかった。

満天の空の下、夜の公園で高校生の男女が話す内容では決してないけれど、僕は少し嬉しかった。誰に話しても理解してもらえないだろうと思っていたことを、隣に座る少女はあっさりと信じてくれた。さらに彼女は、僕と似たような力を持っている。言わば同志で、考え方はちがうけれどこんな会話が成立するのは黒瀬しかいない。それは不思議な感覚で、もしかしたら黒瀬も同じ気持ちなのかもしれなかった。そうだといいなと僕は思った。

「でもさ、もし店長さんが病死なら、倒れた瞬間に救急車を呼べば助かるかもしれないよ。事故死でも、対応の早さによっては助かるかもしれないし」

「まあ、それはそうだけど」

黒瀬の言うとおりではあった。実際にそういう現場に遭遇した場合、対応の早さが生死を分けることもある。たいていの人間は足がすくんで動けなかったり、気が動転したりして正しい対処ができない。興味本位で人の死を見届けたことが何度かあったが、そうやってなにもできずに狼狽《うろた》える人が何人もいた。

しかし、あらかじめなにが起こるかある程度知っていれば、慌てずに適切な措置を取ることができる。

それでも僕は、あまり気乗りしなかった。

「っと、もうこんな時間だ。そろそろ帰らないと」

携帯で確認すると、時刻は夜の十一時を回ろうとしていた。

「そうだね。遅くまでごめんね。学校だと、あまり話す時間なさそうだと思ったから」

「部室だと和也がいるからな。しょうがない」

公園の入口に止めていた自転車に跨り、急いで帰ろうと思ったが少し考えて、後ろを振り返る。

「暗いから、家まで送ろうか？」

黒瀬は足を止めて目を丸くする。

「いいの？」

「いいよ。後ろ、乗ったら？」

「じゃあ、お願いしようかな」

黒瀬はそう言ってから恐る恐る荷台に腰掛け、僕の制服の後ろを遠慮がちに摑む。触れられている部分に妙に意識が集中する。彼女が指差した方へハンドルを切り、ゆっくりと暗闇の中を進んでいく。ふたり乗りをするのは明梨と以来で、あの頃よりも慎重に自転車を走らせた。

「そこの、三角屋根が私の家」

久しぶりのふたり乗りに慣れる前に黒瀬の家が見えてきた。自転車を止めると、黒瀬は「ありがとう」と言って荷台から降りた。

「じゃあ、帰るから」

「うん、気をつけて」

ペダルを漕ぎはじめると、「あ、ちょっと待って」と黒瀬は僕を呼び止める。慌ててブレーキを握った。

「連絡先交換しない？　今後のこともいろいろ話したいし」

携帯電話を片手に、黒瀬は躊躇いがちに僕を見ている。

「うん、いいよ」

メッセージアプリのＩＤを打ちこむと、『舞ちん』という名前が表示された。プロフィール画像は彼女が飼っているミニチュアダックスフント。ツイッターと同じだ。

「舞ちん……」

僕が呟くと、黒瀬は慌てて携帯を操作する。名前はすぐに『黒瀬舞』に変更された。

「今のはなんていうか、初期設定がそうだったから」

黒瀬は苦しい言い訳をするが、僕は突っ込まずにそうなんだ、と信じてやった。彼女はクールに見えるけれど意外と天然なのかもしれない。

「それじゃ」とひと声かけて、今度こそ自転車を漕いで真っ暗な夜道を走る。自然と口元が緩んでいることに気づき、ぐっと引きしめた。もう少し話していたかったな、などと思いながらゆっくりと帰路についた。


数日後、朝から雨が降っていたので、バスに乗って駅へ向かった。

窓の外には雨具を着用した鞄持ちの少年の姿があった。今日もランドセルを四つ持ち、『68』の数字を揺らしながらよたよた歩いている。僕は頬杖をついてその様子を見ていた。

「なあ、新太と黒瀬ちゃんって付き合ってんの？」

駅に着くと、和也が突然にやけ顔で聞いてきた。

「は？　そんなわけないじゃん。なんだよいきなり」

「この前新太と黒瀬ちゃんがふたり乗りしてるところを目撃したやつがいたらしくてさ、本当なのかなって思って」

「いや、見まちがいじゃないかな、たぶん」

慌てて否定すると、和也はさらに口角を上げる。どうやら黒瀬との夜の密会を同じ学年の生徒に目撃されていたらしい。

「いやあ、俺は嬉しいよ。新太にも春が来たのかぁ」

「だから、ちがうって！」

僕の背中をばんばん叩きながら、和也は軽い足取りで駅舎へ入っていった。

「最近雨は土日しか降らないから、平日は久しぶりだよな」

改札口を抜けると、和也は嬉しそうに話す。想いを寄せる雨女に会えるのがよっぽど楽しみなのだろう。

「お、いたいた」

雨女は、いつものようにひとりでホームのベンチに腰掛けていた。どこか遠くを見るような目で、反対側のホームを見つめている。電車が来るまであと五分以上ある。僕はいつものように少し離れたベンチに座って携帯をポケットから取り出した。

黒瀬と連絡先を交換してから、何通かメッセージを送り合った。内容は主に店長の死についてで、色気のかけらもなかったけれど。

電車がやってくると、和也と雨女は仲良く乗車する。僕も彼らのあとに続き、空いている席に座った。

「じゃあね、唯ちゃん！」

学校の最寄り駅で僕と和也は降りる。雨女はこの先にある女子校に通っているらしく、吹奏楽部に所属していると和也が言っていた。担当はフルートで、中学の頃は全国大会にも出場したことがあるらしい。

「朝から癒やされたなぁ」

駅から学校までの道中、和也は『51』の数字を浮かべてにんまりと笑いながら歩く。彼の恋を応援してやりたい気持ちは山々だが、決して実ることはないのだ。

「あの子のどういうところが好きなの？」

黒瀬とのことを揶揄《からか》われた反撃として、そう訊ねた。

和也は満面の笑みを浮かべ「全部に決まってんじゃん」と少しも恥じらうことなく言い切った。反撃が効かずに意気消沈する。

「遊びに誘ったらいいじゃん。そういう話はしてないの？」

揶揄うのはやめにして、顔を引きしめて聞いた。せめて残された時間は後悔のないように生きてほしい。普段なら人の恋に口を出したりしないが、和也は別だ。たとえ短い時間でも、想いを寄せる人と過ごすべきだと思った。

「んー、遊びたいけどな。でも、あんまり時間がなくてさ」

「新人賞の締め切りか」

「それもあるし、文化祭とか、ほかにもいろいろと」

先日のホームルームで、和也が文化祭の実行委員に選ばれていたのを思い出した。僕たちのクラスのだし物はたこ焼き屋で、クラスでは浮いた存在の僕は当然、たこ焼き屋のメンバーには選ばれなかった。僕は文芸部の部誌販売もあるので、和也が気を利かせて外してくれたんだと思うことにしている。

学校に着いて授業が始まると、教科書ではなく持参してきた文庫本を躊躇いもなく開く。持ってきたのは数年前に映画化された青春ファンタジー小説で、ときどきこういった物語も読みたくなる。ファンタジーは読んでいてワクワクするし、なにも考えずにただ純粋に作品の世界を楽しめる。現実世界に疲れたときは、やっぱり手に取ってしまう。

映画は鑑賞済みだったため、するすると頭に入ってくる。文字を目で追っているだけなのに、鮮明に映像が浮かび上がる。ページをめくる手が止まらず、加速していく。四百ページ以上あったが、三時間目の途中で読了した。結末は知っていたけれど、それでも感極まって胸が熱くなった。

やっぱり小説はいい。物語に浸っているときだけ、僕は頭上の数字を忘れられる。残りの時間、家にこもってひたすら小説を読み続けるのも悪くないな、と本気で思った。

「悪い新太。今日用事あるから部活出ないわ」

放課後、部室に向かおうと教室を出たところで和也に呼び止められた。最近は本当に忙しいようで、文化祭の打ち合わせで彼は昨日も部活を休んでいた。

「わかった。じゃあな」

手を振り合って和也と別れ、今度こそ部室へ向かう。その途中で同じく部室の方へ歩を進める黒瀬の背中を見つけた。

声をかけようと小走りで駆け寄るが、ふと思い出して足を止める。

——部室以外で私に話しかけない方がいいよ。

黒瀬はそんなことを言っていた気がする。仕方なく距離を保って部室まで歩いた。

黒瀬がトイレに寄ったので、先に部室に入る。本棚から適当に一冊選んで抜き取り、自分の席に腰掛けたタイミングで黒瀬が入ってきた。

「あれ、今日バイト休みなの？」

「うん、休み」

「そう」

黒瀬は言いながら椅子に座ると、本を読むでもなくただ虚空を見つめた。

「なにしてんの？」

聞かずにはいられなかった。部活に来たというのに、彼女は一切の活動を停止している。

「なにも。ただぼうっとしてる。なんかここって、落ち着くんだよね」

「まあ、それはわかる」

相変わらず変なやつだと思ったが、気にせず読書を始める。しかし手に取った小説が僕の苦手な純文学だったので、数ページ読んで本を閉じた。

「店長さん、あと四日だね」

まだ虚空を見つめていた黒瀬がぽつりと言った。予定では、店長はあと四日で死んでしまう。

「結局どうするか決めたの？」

「うん。今日はそのことで相談があるの」

ひと呼吸置いてから、黒瀬は続ける。

「日付が変わったら、もうなにが起こるかわからない。だから、店長さんが働いている間、この前の公園で見張ることにした」

意味がわからなかった。店長は夜勤だから、見張るとしたら夜中から朝にかけてになってしまう。冗談だろうと思ったが、黒瀬は大真面目だ。

「あそこの公園からね、コンビニが見えるんだよ。双眼鏡を使えば店長さんの姿もばっちり見える。この前確認してきたから、もし異変が起きたらすぐに対応できるよ」

目眩《めまい》がしてきた。どうやら彼女は本気で実行するつもりらしい。やるならひとりでどうぞと思った。

「もちろん、新太くんも協力してくれるよね？」

「……それ、断ってもいいの？」

彼女の発した言葉に戦慄が走る。やや間を置いて答えたが、黒瀬はわかりやすく表情を曇らせた。

「強制はしないよ。でも、協力してくれたら嬉しい」

「ひと晩中見張るってことだよね。さすがに無理じゃないかな。寒いし眠いし、見つかったら補導されちゃうし」

「厚着して毛布に包《くる》まればいける気がする。交代で寝てもいいし、人通り少ないから、奥のベンチに座っていたら暗くて見つからないと思う」

どうしてそこまでするのか問いただしても、「私にこの力があるのは、人の命を救うためだと思うから」という答えが返ってきそうで聞かなかった。

「ちょうど土曜日だし、学校は休まなくても大丈夫そうだね」

「いやでもさ、勤務中になにも起きなかったら、そのあとはどうするの？」

うーん、と黒瀬は視線を彷徨わせて考えこむ。残業がなければ店長は朝の九時頃退勤する。原付バイクで通勤しているので、それに乗って自宅へ帰る。おそらく昼頃に眠りにつき、そしてまた夜の九時過ぎに出勤する。つまり、店長が自宅で亡くなる場合は僕たちにできることはなにもないのだ。

「さすがに家の中までは入れないから、見張るのは勤務中と移動中だけになるね」

「移動中って言ってもさ、店長は原付だから、自転車で追うのは無理だと思うけど」

「それは大丈夫。店長さんの家、私知ってるから。自転車で十分もかからないよ」

すでに調査済みなのだろう。なんで知っているのかは呆れて聞く気になれなかった。

「先回りして店長さんが無事に帰宅するのを確認すれば任務完了。それが終わったら新太くんは家に帰っていいよ」

「……わかった」

「とにかく、私たちにできることはやった方がいいと思う！　やってだめなら仕方ないって思えるし、もしうまくいったら店長さんの命を救えるかもしれないし。やらない後悔は一生って言うしね」

瞳を輝かせてそんなことを言う黒瀬に、一瞬ドキッとする。冷めているようで、心は温かい。彼女と力を合わせれば、もしかしたら、という気持ちがふつふつと湧き上がってきたが、すぐに考えを改めた。

「僕の場合は一生じゃなくて、五十六日の後悔だけどね」

自虐気味にそう言うと、黒瀬はしゅんとして顔を伏せた。今朝見た僕の数字は『56』で、気づけば二ヶ月を切っていた。

作戦会議はそこで終了し、僕は読書を、黒瀬は部室の掃除を始めた。

部活動の終わりを告げるチャイムが鳴ると、黒瀬は先に部室を出ていく。

僕は窓際に立ち、オレンジ色に染まる空を見上げながら物思いにふけった。

店長救出作戦の前日、僕は学校が終わるといったん家に帰って私服に着替えてからバイト先に向かった。

あれから黒瀬と何度も連絡を取って、細かい打ち合わせをした。はっきり言って無謀だと思うし、あまりにも馬鹿げている作戦だ。けれど彼女の意志は固く、僕が翻意を促しても聞く耳を持たなかった。

黒瀬は今日、部活には出ずに帰宅したはずだ。作戦に備えて仮眠を取ると言っていたが、そのまま寝坊して中止にならないかなと思った。店長が死んでしまうのは僕も悲しいが、運命なのだから仕方がない。僕は無神論者だが、本来死ぬ運命の人間の命を救うと、必ず天罰が下ると信じている。

神様、僕は黒瀬とは無関係です。ただのつき添いです。悪いのは黒瀬です。だから、僕は見逃してください、と、都合のいいときだけ神に祈った。

コンビニに着くと、店長がすでに出勤していて思わず息を呑んだ。

「お、望月くん。実は田中さんが風邪引いちゃったみたいでさ、仕方なく早出してきたんだよ」

店長は苦笑して言った。いや～まいったまいった、と店長が笑うたびに頭上の『1』も一緒に揺れる。改めて、いよいよなんだと胸が苦しくなった。

店長と仕事をするのも会話をするのも今日で最後になる。そう思うと気分が沈んでいく。

「望月くん！　レジお願い！」

その声に、ハッと我に返る。いつの間にかレジ前に四組の客が並んでいて、慌てて接客に向かう。

慣れた手つきでひと組ずつ対応していく。タバコの銘柄も覚えたし、公共料金の支払いも問題なくこなせる。荷物の発送も流れるような動きで捌き、我ながらそこそこ戦力になっているな、と自賛する。

そして列の最後の客、レジカウンターにチョコ菓子をふたつ置いたのは黒瀬だった。

「なんでいるんだよ。仮眠取るんじゃなかったの？」

雑誌コーナーで配置を変えている店長に聞こえないよう、小声で話した。

「これから帰ってすぐ寝るよ。店長さん、今日は早いんだね」

黒瀬は言いながら店長を一瞥する。

「真っ黒だ」

なにが、とは僕は聞かなかった。おそらく店長の背後の黒い靄のことだろう。彼女の話では死期が迫ると、色が濃くなるのだという。

「じゃあ、またあとでね」

僕にチョコ菓子をひとつ渡すと、黒瀬はコンビニを出ていった。

「あの子、望月くんの知り合いかい？　昔から買い物にきてくれるんだよなぁ」

作業を終えた店長が、自転車で走り去る黒瀬の背中を見送りながら感慨深げに言った。

「えっと、ただの部活仲間です」

「そうなんだ。昔はこんなにちっちゃかったのに、ずいぶん背が伸びたよなぁ、あの子」

店長は肉のついた腹の横で手のひらを下に向け、黒瀬の昔の身長を表現した。彼女はこのコンビニの常連なので、店長に顔を覚えられているらしい。そうなんですねと返事をして一旦バックヤードに下がった。

在庫が山積みのバックヤードで、僕は額に手を当ててしゃがみこむ。熱はない。でも店長の数字が目に入るたびに、ズキズキと胸が痛む。彼が死ぬのは僕のせいじゃないのになぜか罪悪感に襲われ、立っていられなくなった。

「望月くん？　大丈夫かい？」

数分蹲《うずくま》っていると、僕の異変に気づいた店長が駆け寄ってきた。

「……大丈夫です」

「顔色悪いなぁ。少し休んでていいよ」

店長の頭上の数字がしゃがみこむ僕を威圧するように見下ろしている。それが怖かった。

「じゃあ、十分だけ休ませてもらいます」

「うん、わかった」

店長に甘えて休憩室で休むことにした。椅子に座っていると店長が売り物のホットココアを持ってきてくれて、それを飲むと落ち着いてきた。

命の期限が見えた人と少しでも関わってしまうと情が移って直視できなくなる。とくに今回はバイト先の上司なのだからなおさらだ。きっと和也の死が間近に迫ると、僕はもっと苦しむことになるのだろうなと、そう遠くない未来に抱くであろう自分の苦悩を想像する。

店長に悪いので、ホットココアを飲み干すと十分を待たずに仕事に戻った。体調もよくなってきた。

「望月くん、もういいのかい？　体調悪いなら帰ってもいいんだよ」

「いえ、もう大丈夫です。ココアを飲んだら落ち着きました」

そうか、と店長は破顔して作業を再開する。相変わらず優しそうな温かい笑顔で、寂しい気持ちになった。

時刻は夜の九時を回り、僕の勤務はあと一時間。店長は休むことなく動き続けている。客足が一段落したので、床の清掃に取りかかる。

しばらくそうしていると、店長が柔らかい口調で声をかけてきた。

「望月くん、だいぶ慣れてきたね。もうすぐ一ヶ月か」

「そうですね。この仕事、思っていたよりも大変で、舐めてました」

そっかそっか、と店長は嬉しそうに笑う。くしゃっとした笑顔に、自然とこちらまで頬が緩む。

「俺も学生の頃、初めてのバイトがコンビニだったんだよ」

「へえ、そうだったんですね。そのまま店長になったんですか？」

「そうだね。就職に失敗して、落ちこんでたときに当時働いてたコンビニのオーナーに正社員にならないかって誘われたんだ。ちなみに、そのとき一緒に働いてたバイト仲間が今の奥さんなんだ」

照れくさそうに頭を掻きながら店長は笑う。明日死ぬことも知らないで、陽気に笑う姿が不憫でならなかった。

「あの、変なことを聞いてもいいですか？」

「ん？　いいよ」

僕はモップの柄をぎゅっと握ったまま、ひと呼吸置いてから切り出した。

「店長にとって、生きることってなんでしょう」

きっと笑われると思った。馬鹿な質問だと自分でも思う。けれど店長は僕を嘲《あざけ》ることなく、真面目な顔つきで考えこむように低い声で唸った。

「う～ん、難しい質問だねぇ。俺も望月くんくらいの歳の頃、考えたことあったなぁ」

「……すみません、変なこと聞いて。忘れてください」

そう言ってモップがけを再開しようとすると、店長が僕を呼び止める。

「ベタな答えかもしれないけど、俺は大切な人のために生きてるかなぁ。奥さんや生まれてくる子どものために毎日を生きてるし、頑張れる。そうやって誰かのために生きることに意味があるんじゃないかなぁ。って、寒いよな」

店長は言い終わると、頬を掻いて自虐気味に笑う。たしかに寒いし、綺麗事に思えた。

「誰かのため……ですか」

「うん。望月くんにも大切な人いるだろ？　家族や友達、恋人だとか」

「家族や友達は大切です。でも、僕は誰かのためになんて生きたくないです。自分を犠牲にしてまで誰かに尽くすなんてしたくない。それって時間の無駄じゃないですか。誰かのために生きても、死ぬときはひとりになる。それなら僕は自分のために生きたいです」

つい感情的になってしまい、早口で捲し立てた。誰かのために生きた店長は、その誰かを残してひとり死んでいくのだ。それは滑稽に思えた。誰かのために生きたところで、結局自分にはなにも残らない。本気でそう思った。

「自分のために生きてもいいんだよ。自分のために生きることが、誰かのためにもなるんだよ」

　店長の言葉は、僕には理解できなかった。

「誰かのために生きてこそ、人生には価値がある。アインシュタインの言葉だけど、俺もそう思うなぁ」

「誰かのため……」

　僕が呟いた直後、客が入店してきた。

　いらっしゃいませ、と張り上げた声は店長よりも小さく、見事に掻き消されてしまった。僕はしょんぼりと俯いて、店の隅でひたすら床を掃いた。

「そろそろ時間だな。望月くん、上がっていいよ」

　店内の清掃を終えた頃、店長がレジカウンター越しに声をかけてきた。時刻は夜十時を回っている。

「あの……僕もこのまま夜勤手伝ってもいいですか？　明日は学校休みだし」

　ダメ元で聞いてみた。夜の公園で朝まで見張るより、明け方まで働いている方がよっぽどましだと思った。

「ありがたいけど法律で十八歳未満の子は夜十時以降は働けないことになってるから、それはちょっと難しいなぁ」

　申し訳なさそうに店長は頰を搔く。そう言われてしまうと引き下がるしかなかった。

「……わかりました。帰ります」

タイムカードを切り、更衣室で着替えを済ませる。黒瀬とは日付が変わった頃に公園で落ち合う予定で、まだ少し時間があった。母さんにはバイトが終わったら今日はそのまま友達の家に泊まると嘘をつき、承諾を得ている。

「店長、一時間か二時間くらい休憩室で休んでていいですか？　ちょっと体調が悪くて」

店内に出て、店長に訊ねる。粘って日付が変わるまで休んでいようと思った。

「それはかまわないけど、大丈夫かい？　お母さんに連絡しようか？」

「いえ、大丈夫です。ちょっと寝たら治ると思います」

「そうか。それなら休んでていいよ」

ありがとうございます、と頭を下げて休憩室へ戻り、細長いテーブルに突っ伏して仮眠を取る。疲れていたせいか、スッと眠りに落ちた。


「望月くん、大丈夫かい？　お母さんに連絡して迎えにきてもらうかい？」

ハッと目を覚ますと、店長が心配そうに僕を見下ろしていた。

「望月くん？」

「あ、すみません。大丈夫です。寝たらすっきりしたので帰ります」

そうかそうか、と店長はくしゃりと笑って店に戻っていく。『0』の数字を頭上で揺らしながら。

彼の頭上の数字を見て、眠っている間に日付が変わってしまったのだと悟る。慌てて携帯を確認すると、メッセージが六件に着信が二件来ていて焦った。すべて黒瀬からのもので、僕は急いでコンビニを出て待ち合わせの公園へ向かった。

「あ、やっと来た。もうすぐ一時になるよ」

公園に着くと、ベンチに腰掛けて茶色の毛布に包まった黒瀬が怒ったように言う。

「ごめん。休憩室で仮眠を取ってたら寝すぎた」

言いながら僕もベンチに腰掛ける。黒瀬は毛布を二枚持ってきてくれたらしく、一枚を僕にくれた。いつもチョコをくれたり、栄養ドリンクをくれたりする彼女のさりげない優しさは素直に嬉しかった。でも十月の半ば、さすがに毛布一枚だけでは心許なく、もう少し厚着してくるべきだったと後悔する。

「今のところ、異常はないね」

黒瀬は双眼鏡でコンビニを覗く。住宅街のうえこの時間だからか、人はもちろん車も通らず、辺りはいやに静かだった。

「それ、店長見えるの?」

双眼鏡でひたすらコンビニを覗き見る黒瀬に声をかける。仮眠を取ったとはいえ、なにか話していないと眠ってしまいそうだ。

「見えるよ。今、接客中」

そうなんだと言うしかなく、会話が続かない。本でも持ってくればよかったと思ったが、この暗さでは読めないなと項垂れる。

　このままでは眠ってしまうと思い、前から気になっていたことを黒瀬に聞いた。

「そういえばさ、学校では話しかけないでって言ってたやつ、あれはどういう意味なの？」

　やや沈黙があったが、逃げられないと思ったのか、黒瀬は小さく息を吐いてから静かに口を開く。

「私、中学の頃ね、隠してなかったんだ。この見える力のこと」

「……それで？」

「黒い靄が見えた人に、近々死んじゃうから気をつけてくださいって、そう言ってたの。そしたらね、みんな気味悪がって私から離れていった。親もそう。私のこと、悪魔みたいだって……」

　沈んだ声で黒瀬は話す。匿名ならともかく、リアルの世界でなぜそんなことをしたのだろうと疑問に思った。僕はそうなることを恐れて、ネットの世界でしか言わなかった。黒瀬の周りの人たちの反応は当然だし、どう考えても黒瀬が悪い。僕は返答に窮して、彼女の次の言葉を待つことにした。

「私のクラスにね、同じ中学だった子がいて、あの子には近寄らない方がいいよって、あることないこと吹聴されちゃった。でも、私が悪いよね。自分が蒔いた種なんだから、しょうがないよね」

　百パーセント黒瀬が悪いと言いたかったが、言える雰囲気でもなかったので黙っていた。

「でもね、中学の頃にひとりだけ信じてくれた人がいたの。隣のクラスだった女の子なんだけど、その子の背後に見えちゃったんだ」

「その子に、黒瀬はなんて言ったの？」

「円佳《まどか》っていうんだけど、近いうちに死んじゃうから、事故とかに気をつけてって」

「それで？」

「教えてくれてありがとうって。そう言ってくれた」

変わった子だなと思った。単にオカルト好きなだけで、本当に信じたわけではなかったのかもしれない。

「それでどうしたの？」

「円佳を助けようと思った。それがきっかけで仲良くなったし、初めて私のこと信じてくれた子だから、絶対に死なせたくなかった」

黒瀬は以前、人の命を救ったことがないと言っていた。話の続きを聞くのは気が重い。正直、それ以上は聞きたくなかった。

「私にはいつ円佳が死んじゃうのかわからないから、ゼンゼンマンにメッセージ送ったんだけど覚えてない？　返事はなかったけど」

「……ごめん」

そのメッセージが届いていたことは知っていたが、彼女の頭上に数字は浮かんでいなかったから返信しなかった。当時は頻繁にツイッターを開いていなかったので、おそらく僕が見たときに彼女はすでに亡くなっており、数字が消えたあとだったのだろう。

「べつに恨んでるわけじゃないから。円佳を助けられなかったのは、私のせい。私の目の前で、円佳は死んじゃったんだ」

「……事故かなんか？」

沈黙が重たくて、思わず聞いていた。急にやなぎの木が風に揺れ、がさりと葉が音を鳴らした。

「自殺」

「……そうなんだ」

やはり聞かなければよかったと後悔した。別の話題にすり替えたかったけれど、不自然すぎる気がして言葉が出てこない。

「円佳がいじめられてたこと、私は気づけなかった。人の寿命は見えるのに、肝心なことは全然見えてなかった」

ふと視線を向けると、黒瀬は涙を流していた。暗さを理由に僕は気づかないふりをする。

「『信じてなかったけど、その力本当なんだね』、そう言って円佳は私の目の前で学校の屋上から飛び降りたんだ」

「……そうなんだ」

「だから、友達が目の前で死んじゃうのは、もう見たくない。新太くんと和也くんは、絶対に助けたい。もちろん、店長さんも」

　言い終えると黒瀬は思い出したように双眼鏡を覗き、異常なしと呟いた。

「僕のことは助けなくていいよ。もう決めてるから」

　言わなくても伝わると思ったから、なにをとは言わない。

「どうして？　自分がいつ死ぬかわかってるのに、回避しないなんてそんな人いるの？　私なら怖くて無理」

「いるよ、ここに。前に言ったと思うけど、僕は人の生き死にに関与しないって決めてる。だから自分だけ助かろうなんて虫がよすぎるし、怖さはあるけどそれが僕の運命なんだから仕方ないって思ってるんだよ」

　たくさんの人を見殺しにしてきた僕が、生き延びようなんて考えてはいけないと思った。僕はもう、自分の死を受け入れているのだ。

「でも……」

「いいから、この話はもう終わり」

　毛布を頭から被り、無理やり話を終わらせた。

　そこから一時間近く、ふたりとも無言で店長の監視を続けた。とはいっても双眼鏡を覗くのは黒瀬だけで、僕は携帯で電子書籍を読んでいた。目が覚めるようにホラー小説を購入してみたけれど、どうやら恐怖心は睡眠欲には勝てないらしい。僕は必死に睡魔と闘いながら、文字を追っていった。

　しかしだんだんとまぶたが重たくなっていく。黒瀬は音楽を聴いているのか、いつの間にかイヤホンを挿していた。頭を小刻みに揺らしながらリズムを取る黒瀬の姿を最後に、僕の意識は途絶えた。

原付バイクの音で目を覚ました。辺りは薄明るく、太陽はまだ見えないが東の空から一日が始まろうとしている。

空気が冷たくて身震いした。ずり落ちていた毛布に包まり、身を縮める。朝まで店長を見張ると豪語していた黒瀬もパーカーのフードを目深にかぶり、ベンチの上で膝を抱えて眠っていた。

彼女の手から落ちたであろう双眼鏡を拾い、コンビニに向ける。店内で歩き回る店長の姿を確認し、ホッと胸を撫で下ろした。

携帯を見ると時刻は五時二十分で、店長が退勤するまで三時間以上ある。そろそろ人出が増えてくるだろうし、このまま寝続けるのはまずいだろう。

なにより変な体勢で眠っていたせいか体があちこち痛い。疲れも取れておらず、頭が重い。体力的にも限界が来ていた。

「黒瀬。おい、黒瀬！」

肩を揺すると彼女は目を覚まし、体を起こした。かと思えばコテン、とまた膝を抱えたまま横になり二度寝してしまった。朝は弱いのか、その後は何度呼んでも目を覚まさない。

完全に目が冴えてしまった僕は、黒瀬に自分の毛布もかけてコンビニに向かった。

「おはようございます」

「あれぇ？　どうしたんだい望月くん。こんな朝早くに」

僕が入店すると、店長は目を丸くして動きを止める。ちょうどパン類の品出しをしていたらしい。

「朝の散歩です。最近運動不足だったので」

いかにもな理由をつくってごまかした。そうかそうか、と店長はにこやかに笑う。

『0』の数字が、これ見よがしに頭上で揺らめいている。

「望月くん、体調はもう大丈夫？　今日も出勤だったかい？」

「はい、もう平気です。今日も出勤です」

「そっかそっか。田中さん今日も休むなら俺が出るから」

「……はい」

トイレを借り、喉が渇いていたので温かいお茶とホットココアを購入し、公園に戻る。

犬の散歩をしていたおばさんが、あらぁとでも言いたげな表情でベンチで眠る黒瀬を見ていた。おばさんの目には、家出少女に映ったのかもしれない。

「黒瀬、そろそろ起きないとやばいよ」

彼女の顔の前にホットココアを置く。むくりと起き上がった黒瀬は、周囲を確認してから身を縮めた。

「寒いからそれ買ってきた」

ありがとう、とかすれた声で彼女は言い、手を伸ばしてプルタブを開ける。それをコクコクと飲んで、ひと息ついた。

「……店長さんは？」

ふと思い出したように黒瀬は僕を見る。返事をする前に彼女は双眼鏡を摑み、コンビニを覗き見る。

「……よかった」

店長の無事を確認した黒瀬が愁眉を開く。状況が変わったわけではないので決してよくはないのだが、自分が眠っている間に店長が死んでいたら相当ショックだったのだろう。黒瀬は安心したように脱力し、ベンチの背もたれに体重を預けた。

「このあとどうするんだっけ？」

「店長さんが無事に帰るのを見届けてから解散。新太くんはバイトがあるから夜の出勤のときは私ひとりで大丈夫。それより、お手洗いに行きたい」

黒瀬は毛布を僕に預け、小走りでコンビニに向かっていった。

数分後に戻ってくると、ココアのお礼なのかメロンパンを僕に差し出した。

「ありがとう」

僕はメロンパンを、黒瀬はクリームパンを齧り、見張りを続ける。

「私、そろそろ行くね」

午前九時を回ると、黒瀬はそう言って大きめのリュックに二枚の毛布を詰める。そして近くに停めていた自転車に跨り、公園を出ていった。

店長は原付バイクで移動するため、黒瀬は中間地点で待機する。どこでなにが起こるのかわからないので、一瞬でも目が離せないと言っていた。

十五分ほど待っていると、店長がコンビニから出てくるのが見えた。僕は黒瀬に連絡を入れてから店長の追跡を始める。

しかし当然と言うべきか、自転車でバイクを尾行するのは難しく、あっという間に見失ってしまった。とりあえず僕は、黒瀬から事前に聞いていた店長の自宅へ自転車を走らせた。

住宅街を進んでいると、黒瀬の姿を捉えた。彼女は自転車に跨ったまま、店長宅に目を向けている。

「店長は？」

黒瀬のすぐ隣に自転車を止め、問いかける。

「無事に帰宅したよ。私たちにできることは、一旦ここまで」

僕は安堵のため息をつく。けれど、店長の命が助かったわけではないのでまだ喜ぶわけにはいかない。黒瀬とはそこで別れ、僕は自宅へ帰った。

ベッドの上で目を覚ました時刻は、午後四時二十分。今すぐにでも家を出なきゃいけない時間で、慌てて飛び起きた。寝癖を直す暇すらない。

あのあと僕はシャワーを浴びて、そのまま卒倒するように眠りについた。自分の部屋のベッドの心地よさを全身で感じながら。

服を着替えて家を飛び出し、コンビニへ向かう。店長はまだ生きているだろうかと考えながら必死にペダルを漕いだ。

漕ぐたびに体の節々が痛むし、背中が張っていて疲れも残っている。音を上げようとする体に鞭を打ち、立ち漕ぎをしてバイト先へと急いだ。

コンビニに到着すると、田中さんが僕より先に来ていた。

「田中さん、風邪はもう大丈夫なんですか？」

「ええ。熱は下がったからもう大丈夫。店長が来たらお礼言っとかなきゃ」

「……そうですね」

田中さんはおそらく、店長にお礼を言えない。僕はなにも考えず無心で仕事を開始した。

ポケットに忍ばせていた携帯が鳴ったのは、午後九時を回った頃だった。いつもならそろそろ店長が出勤してくる時間帯だが、まだ来ていない。店内に客がいないことをたしかめてから僕はバックヤードに下がった。

「もしもし」

出ると、黒瀬の沈んだ声が返ってきた。

「どうしよう。今、店長さんの家の前に救急車が来てて……」

「……そっか。わかった」

黒瀬は泣きながらなにか言葉を続けていたが、それだけ言って僕は電話を切った。

店内の隅で、僕は床掃除を始める。黙々と、唇を嚙みしめてひたすらモップがけをした。

「店長、今日は遅いわねぇ」

レジカウンターで十円玉の補充をしながら田中さんがぽつりと呟いた。僕は黙ったまま、床掃除を続ける。

「ときどきやらかすのよ、店長。きっと寝坊ね」

「……そうなんですね」

笑いながら肩をすくめる田中さんを残して、僕は再びバックヤードに下がる。

数日前と同じように、在庫が山積みのバックヤードで膝をつき、お腹を抱えるように蹲った。

大丈夫かい？　と背後から声をかけてくれた店長は、きっともういない。あのくしゃりと笑う顔も、僕の背中を力強く叩く温かい手も、この世界から消え去ってしまった。

再びポケットの中の携帯が振動する。きっと黒瀬からだろう。僕はそれを無視して、蹲ったまま涙で床を濡らした。

後日田中さんに聞いた話によると、店長は自宅の寝室で亡くなったらしい。過労による心筋梗塞だったようで、時間になっても起きてこない店長の様子を見にいった奥さんが第一発見者となった。すぐに救急車を呼んだが、間に合わなかった。

僕の予想どおり、結局なにをしても無駄だったのだ。少しでも希望を抱いた自分が惨めで、改めて人の生死に関与すべきでないと思い知らされた。

傷心しているだろう黒瀬に店長の死因と慰めの言葉を送ったが、返信はなかった。店長を救えなかったことがよほどショックだったのか、黒瀬は今週はずっと学校に来ていない。

「黒瀬ちゃん、どうしたんだろうな」

文芸部の部室で、『42』の数字を頭にくっつけた和也が心配そうに呟いた。

「さあ、わかんない」

素知らぬ顔で僕は答える。黒瀬に何度かメッセージを送ったが、返信はない。

「あ、そうだ。俺明日から文化祭が終わるまで部活出ないから」

「え、なんで？」

「ほら、俺、実行委員だからいろいろ忙しいんだよ。小説も締め切りが近いから夜遅くまでカフェで書くことにした」

「そっか、わかった」

早いもので文化祭は、一週間後に迫っていた。

「あ！　そういえば文芸部の部誌どうしよう」

ふと思い出して声が上擦った。多忙の和也に部誌の作成を頼まれていたが、店長のことやバイトですっかり失念していた。

「ああ、それなら黒瀬ちゃんがやってくれてるよ」

「え、そうなの?」

「新太がバイトの日とか、部誌つくってくれてるよ。今は休んでるから進捗状況はわからないけど、短編小説のデータも渡してるし、たぶん大丈夫じゃないかな」

ノートパソコンに視線を向けたまま、和也は自販機で買ってきたコーラを片手に言った。コンビニで買ったらしいスナック菓子の食べかすが机の上に散乱している。

「あーそうなんだ。じゃあ僕はなにもしなくていいのかな」

「印刷と製本は手伝った方がいいんじゃないかな。三百部つくる予定だから、ひとりじゃさすがにきついだろ」

ふたりでもきついだろうと思ったが、和也にこれ以上負担をかけるのは悪い気がして言葉を呑みこんだ。

「よし、今日はもう帰るかな。新太はどうする?」

「僕も帰る。ばあちゃんのお見舞いに行こうと思ってたから」

ふたりで部室を出て駅へ向かい、それぞれちがう電車に乗った。


祖母が入院する病院のエレベーターを降りて、四階にある病室へ向かう。その途中に談話室があり、窓際の席に座る少女がふと目に留まった。

『45』の数字を浮かべた少女は、テーブルにスケッチブックを広げて絵を描いている。前回祖母のお見舞いに来たときに見た少女に相違ないだろう。

残り一ヶ月半で死んでしまう少女がどんな絵を描いているのか気になったが、話しかける口実も思いつかず僕はそのまま足を止めずに祖母の病室まで歩いた。

「あら、いらっしゃい」

病室に入ると、祖母は読んでいた分厚い本を閉じて優しく微笑んだ。僕の読書好きは祖母譲りで、昔からよく本を借りていた。

「それ、なんの本？」

「フランスの作家の、愛と復讐のお話よ」

「そうなんだ」

祖母は老眼鏡を外すとベッド脇の棚からおなじみのクッキーを取り出した。祖母はあまりお菓子を食べない人なので、来客用に売店で買っているらしかった。遠慮なくクッキーを手に取り口に入れる。ザクザクと小気味いい咀嚼音が響き、もう一枚口に放りこむ。祖母は慈愛に満ちた表情でクッキーを頬張る僕を見守っている。

「そういえば新太、アルバイト始めたんだってねぇ。由美子に聞いたわよ。偉いねぇ」

「ああ、まあね。高校生なんだからバイトくらいするし、全然偉くないよ」

前回祖母のお見舞いに来たときに、バイトのことは話していなかったのを思い出した。店長が亡くなったことや、本部から派遣されてきた新しい店長と馬が合わない話は伏せておく。

「学校はどう？　楽しいかい？」

「うーん、まあまあかな。来週末に文化祭があるけど、正直面倒くさくて休みたい」

「そんなこと言わないで、楽しんでくればいいじゃない」

祖母は笑顔を崩さず、幼い子どもに言い聞かせるような口調で話す。母さんに子ども扱いされると腹が立つけれど、なぜだか祖母なら許せてしまう。

「あなたが日々楽しそうに生きてるだけで、おばあちゃんは嬉しいんだけどねえ」

先の短い残りの人生を楽しむことなど、できるはずがない。祖母の期待に応えることができず、申し訳なく思った。

「まあ、いろいろ頑張ってみるよ」

「いいのよ、無理に頑張らなくて。平凡な人生が一番なのよ、結局。毎日健康で幸せに暮らして、長生きしてくれればおばあちゃんは嬉しいよ」

「……うん、そうだね」

胸がチクチク痛み出した。僕の将来について話す祖母の顔は眩しくて、思わず目を逸らしてしまった。

「せめてあなたはおじいちゃんが死んだ歳より生きてくれないとねぇ」

「じいちゃん……」

祖父は僕が生まれる前、三十九歳という若さで事故死したと聞いたことがあった。母さん曰く、自分勝手でせっかちな人だったそうだ。以前はお盆になると母さんと祖父の墓参りに出かけていたが、いつからかそれもしなくなった。母は墓参りに出かけるたびに祖父についての愚痴を零していた。それを聞かされて育った僕は、祖父にあまりいい印象を持っていない。

「僕、そろそろ帰るね。ばあちゃん、お大事にね」

「おばあちゃんはまだまだ死なないから、大丈夫よ。来てくれてありがとね」

寿命が見えない祖母は、少なくとも三ヶ月以上は生きる。医師からは余命半年だと言われていたが、もう半年以上生きている。大らかな祖母は僕が死んでからも、きっと何年も生きるだろう。そうであってほしいなと思いながら、僕は病室をあとにした。

エレベーターへ向かう途中、談話室の前を通ったが、あの絵を描く少女の姿はもうなかった。

黒瀬からメッセージが届いていることに、病院を出てから気づいた。

『復活したので、明日からまた学校に行きます。ご迷惑おかけしました』

ごめんね、と泣き叫ぶウサギのスタンプも一緒に送られていた。

僕はOKと親指を立てる犬のキャラクターのスタンプを送り、そっと携帯をポケットにしまった。

次の日の授業中も、僕はこっそりと小説を読んでいた。一番後ろの席でよかったと改めて思いながら、ページをめくっていく。

　今日読んでいるのは家族愛をテーマにしたヒューマンドラマだ。幼い頃に父親を亡くし、母親とふたりで暮らす主人公の物語で、僕と重なって感情移入してしまう。どこかノスタルジックで、温かい気持ちになれる小説だ。

　三時間目で読み終わってしまったので、僕は昼休みになると急いで弁当を食べ、珍しく文芸部の部室に足を運んだ。午後から読む本を物色しようと思ったのだ。図書室で探してもよかったが、そこには置いていない本も部室にはある。それを求めて僕は長い距離を歩いた。

「あれ、なにしてんの？」

　部室には黒瀬がいた。彼女は机にナプキンを広げ、ひとりで弁当を食べている。

「お昼ご飯食べてる」

　見ればわかる。どうしてわざわざ部室で昼食をとっているのか、という意味で聞いたのに。

「……いつも部室で弁当食べてるの？」

「うん」

「そうなんだ」

　あえて理由は聞かなかった。彼女はたしか、クラスでは孤立しているのだ。

　僕は目的を果たすべく、本棚から五、六時間目に読む本を物色する。数ある中からＳＦ小説を手に取った。厚さ的にも午後の二時間で読める薄さでちょうどよかった。

まだ時間があったので部室で読むことにする。冒頭だけ目を通してつまらなかったらちがう本に変えようと思った。

「文化祭の日なんだけど……」

僕が席に着くと、黒瀬が口を開いた。

「なに？」

「私が休んでる間に勝手に決められちゃって、店番することになっちゃった。だから部誌の販売は、午前中は新太くんにお願いしていい？　午後からは私も駆けつけるから」

「それはべつにかまわないけど、黒瀬のクラスはなにやるの？」

「お化け屋敷だって」

「お化け屋敷？」と僕は聞き返す。店番ということは受付係なのか、それともお化け役なのか。髪の長い彼女がお化け役をやるなら、様になるなと思った。

「準備とか大変そうだね。気が向いたら当日遊びにいくよ」

幽霊役似合いそう、という言葉は呑みこんだ。

「恥ずかしいから来なくていいよ。てか、来ないで」

「そこまで言うなら、遊びにいくわ」

ふりかけご飯を口に運びながら、黒瀬はきっと僕を睨みつける。冗談冗談、と手を振ってから話題を変える。

「ところでさ、部誌ってどうなってるの？　丸投げしてて悪いけど、そろそろ印刷しないとやばいんじゃないの？」

「部誌ならもうほぼできてるよ。あとは印刷して製本するだけ」

「さすが。仕事早いなぁ」

僕がそう言うと、黒瀬はにこりと笑う。昼食を食べ終えたらしく、彼女は弁当箱を片付けはじめた。

「ただ傷心して休んでたわけじゃないからね。気分転換になったからちょうどよかった」

晴れやかな顔で黒瀬は言う。店長を救えなかったことを気にして憔悴していると思っていたが、肌ツヤはいいし表情も明るい。いつもどおりの黒瀬で少し安心した。

昼休み終了のチャイムが鳴ったあと、僕たちはそれぞれの教室に戻った。明日から僕も部室で弁当を食べようかな、なんて考えながら。


部誌が完成したのは、文化祭前日の放課後だった。昨日、黒瀬と職員室で印刷したのだけれど、思いのほか時間がかかってしまい、製本は今日になったのだ。

朝早く来て、昼休みも返上して製本作業に取りかかり、先ほど部活動終了時刻十分前に三百部が完成した。製本といっても大仰なものではなく、数カ所をホチキスで留めただけだ。部費が少ないため、そうするほかなかった。

表紙は黒瀬が描いてくれた。制服姿の少女が穏やかな表情で本を読んでいる絵で、これがまた風情があって黒瀬の意外な特技に舌を巻いた。

そしてページを開くと、和也が中学の頃に入賞した短編小説が載っている。

主人公の女子高生は幼い頃両親が離婚し、今は母親と暮らしている。高校の入学式の日、彼女が乗ったバスの運転手はまさかの父親だった。

主人公の少女は過去の出来事から父を嫌っていたが、バスの中でいろいろな出来事が起こり、心は次第に変化していく。そんな父と娘の、心温まる感動の短編小説だ。

すでに読んだことがあったけれど、製本するときにまた読んでみたら不覚にも泣いてしまった。

和也の小説だけでは心許ないと思ったのか、文芸部おすすめの本をランキング形式でまとめたページや、黒瀬が描いた絵を間に挟んで分量を増やしてあり、なかなか読み応えのあるものに仕上がっていた。

「ふたりとも、よくやってくれた。黒瀬ちゃんはとくに頑張ってくれたから、副部長に任命する」

すべてが終わってからやってきた和也は、仰々しくそんなことを口にした。

「副部長は新太くんだと思ってた。私が副部長になっちゃっていいの？」

僕も自分が副部長だと思っていたので、突然の格下げに苦笑する。

「もちろん。ちなみに売上金で新しい本棚とそこに入れる本を買う予定だから、そこんとこよろしく」

和也がそう言った直後にチャイムが鳴り、彼は行きつけのカフェで小説を書くと言って先に帰っていった。

部誌を数部ずつ重ねてまとめたあと学校を出て、自転車を押す黒瀬と駅まで歩いた。

「ねぇ、もしもの話だけど」

それまで無言だった黒瀬が、突然話を始めた。

「部誌が完売したら、一緒に和也くんを助けよう。それから新太くんは自分の死を回避する。それじゃだめかな？」

僕は足を止めて振り返る。少し後ろを歩いていた黒瀬も立ち止まった。

「部誌の完売と関係なくない？　それ」

「私ひとりじゃ和也くんを救えるかわからないし、新太くんにも生きてほしいから」

黒瀬は眉尻を下げて言った。その言葉にどきりとする。生きてほしいなどと真っ直ぐな目で言われると、心が揺れそうになる。そんな僕の感情を読み取られないように、冷めた口調で反論する。

「いや、答えになってないから。じゃあさ、部誌が売れ残ったら僕と和也は運命に逆らわず、死ぬ。それでいいの？」

黒瀬は返答に窮して黙りこむ。そもそも部誌の売れ行きで決断するようなことでもなく、話は終わりと見て僕は早足で歩く。黒瀬はなにも言わずについてくる。

「ねえ、本当にいいの？」

駅舎が見えてきたところで、黒瀬が僕の背中に投げかける。

「本当に、それでいいの？」

「なにが？」

「本当に、死ぬつもりなの？　本当に、それでいいの？」

黒瀬の物言いに怒りを覚えたが、反駁《はんばく》する気力もなかった。彼女は心底僕を心配してくれているのだから、声を荒らげることなどできない。

「本当に死ぬつもりだし、本当にそれでいいと思ってる」

黒瀬の返事を待たず、もはや振り返ることもせずに僕は駅舎に入った。

――新太くんにも生きてほしいから。

帰宅して部屋でぼーっとしていると、ふいに黒瀬の言葉が頭の中で再生される。

生きてほしいなどと言われたのは初めてで、正直嬉しかったし心が揺れそうになった。

僕も最初は死を回避したかった。けれど考えた挙句、僕は運命を受け入れ、死を決意したのだ。たくさんの命を見殺しにしてきた僕が、自分だけ死を回避しようなんて考えること自体あってはならないのだと。

本棚にある積読本の中から適当に一冊抜き取り、ページをめくる。

しかし文章が頭に入ってこず、すぐに本を閉じた。そのタイミングで携帯が鳴った。見ると、黒瀬からメッセージが届いていた。

『文化祭が終わってからでいいんだけど、頼みたいことがあるの。時間もらえる？』

『わかった』と返事を送って、僕はベッドに潜りこんだ。

文化祭当日。僕の頭上の数字は『38』となっていた。

あと一ヶ月と少し。気づけば死はこんなにも近くに迫っていた。もうすぐこの苦しみから解放され、ようやく楽になれる。もはや僕にとっての救いは、死ぬこと以外なにもないのだ。

自転車に乗って駅へ向かう途中で、鞄持ちの少年を見つけた。『50』の数字を揺らしながら、少年は今日も四つのランドセルを持ってよろよろ歩いている。僕はそのすぐ横を走り抜けた。

君もあと少しの辛抱だ。五十日間我慢すればいじめから解放され、楽になれる。今は辛いけどお互い頑張ろう。心の中で少年にそう語りかけて、駅へ急ぐ。

たこ焼き屋の下準備があるとかで、和也は一本早い電車に乗ったらしい。駅に着いて携帯を確認すると、彼からそんなメッセージが届いていた。

了解、と返事を打ってひとり寂しく電車に乗った。

「あ、おはよ」

最寄り駅を出たところで背後から聞き覚えのある声がした。振り返ると自転車に乗った黒瀬が僕を見ていた。彼女は自転車を降りると距離を取り、僕の少し前を歩く。

「昨日の件、よろしくね」

僕の方を見ずに黒瀬は言った。文化祭が終わってから頼みたいことがあると、昨日連絡があったのを思い出した。

「よろしくって言われても、まだ内容聞いてないんだけど」

「今は説明してる時間がないから、文化祭が終わってからでいいよ」

あまりいい予感はしない。わかったと返事をすると、黒瀬は自分のクラスで行われるお化け屋敷の準備があると言い、自転車に乗って先に行った。

僕の仕事は文芸部の部誌販売だけなので、のんびり通学路を歩いた。

学校は早くも賑やかで、喧騒から逃れるように自分の教室に急ぐ。時間が来るまで本を読もうと思ったのだが、教室も騒がしかった。

生徒たちの上擦った声は耳障りで、一向に時間潰しの読書は捗らなかった。

チャイムが鳴ると、僕はすぐさま一階の空き教室へ向かった。そこは文芸部と漫画研究部の販売ブースとして使うことになっており、唯一暇な部員である僕はひとりで机上に部誌を並べ、客が来るのを待つ。

漫画研究部側は風船やペーパーフラワーなど飾りつけが豪華だが、なにも用意していなかった文芸部側は地味で暗かった。

部誌は一部二百円で販売することになっている。割と安価であると思うが、売れるのは漫画研究部の部誌ばかりで、二時間経って売れたのは十部ほどだ。こんなことなら、昨日黒瀬が持ちかけてきた賭けに乗ればよかったと後悔した。

昼過ぎに黒瀬がやってきたかと思えば、顔中が痣だらけで驚いた。口元には血も付着している。

「どうしたの、その顔」

「私、ゾンビ役だったから」

だろうなと思ってはいたが、なぜゾンビメイクのままやってきたのか。本当に不思議なやつだ。

「メイク落とした方がいいんじゃない？」

「一時間したら戻ってこいって言われてるから、このままでいい」

黒瀬はどんよりとした表情で言う。メイクのせいで顔色が悪いから、そう見えただけかもしれない。

「うわ、ゾンビが部誌売ってる」

「怖っ！」

そんな声が聞こえてきたが、逆に注目を浴びて客が集まってくる。「かわいい」「似合ってる」などの声もあり、黒瀬と写真を撮りたいと言うやつまで現れ、僕は渋々撮影係に回った。

「やっぱり新太くんひとりじゃだめだね。私が来てからいっぱい売れてる！」

いつになくテンションの高い黒瀬は、赤黒く着色した口元を緩めながら言った。ゾンビが部誌を売ってる、と誰かが吹聴したのか彼女が来てから五十部以上売れていて、自分の無能さ加減に辟易した。

普段は淡々としている黒瀬も、おだてられてまんざらでもないのか、愛想よく対応していてその姿に少しだけドキドキした。

「ありがとうございます」と彼女は控えめに笑顔を振りまき、地味な販売スペースに彩りを添える。現役のコンビニ店員である僕を差し置いて、完璧な対応で接客をする姿は新鮮で見惚れてしまう。

「新太くん、ちょっと休憩してていいよ。私ひとりでも大丈夫だから」

「うん、わかった」

お言葉に甘えて教室の隅に椅子を移動させ、しばしの休憩に入る。

ゾンビのくせに俊敏に部誌を売り捌く黒瀬に感心しながら、僕は喉の渇きを潤すために隣の教室で売っていたトロピカルジュースをふたつ購入し、ひとつを黒瀬に渡した。

「私にくれるの？」

うん、とだけ返事をして僕は椅子に座る。黒瀬は「ありがとう」と顔を綻ばせて琥珀色の液体をひと口飲んだ。

ひとりで校内を回る気にもなれず、十五分休憩すると僕も店番に加わった。

「回ってこなくていいの？」

店番に戻ると、黒瀬は目を丸くして言った。ゾンビ仕様の赤みがかったカラコンを入れているからか、その目が怖い。

「騒がしいのは苦手だからいい」

ふうん、と黒瀬は返事をする。普段の黒瀬とゾンビメイクのギャップがどうしても可笑しくて、携帯を取り出して写真に収めた。

「勝手に撮らないで。血吸うよ?」

「いや、それは吸血鬼だから」

そんなふうに軽口をたたいているうちに、一時間はあっという間に過ぎた。

「私がいないと売れないと思うけど、あとはよろしくね」

勝ち誇ったように去っていく黒瀬にムッとして、「でもその動き、ゾンビとしては失格だからな」とせめてもの反撃を試みるが、一笑に付された。いつになくテンションが高いのは文化祭だからだろうか。普段からそうしていればもっと友達が増えるだろうに、などと考えながら、微笑んで教室を出ていく黒瀬を見送る。

黒瀬が去ると客も減っていき、結局一日目は百部も売れなかった。


文化祭の二日目。僕は教室には寄らず、文芸部の販売ブースに直行してひとりで部誌を並べた。残り二百部と少し。二日目は一般開放されることになっているため、一日目よりは客足も増えるはずだ。どうにか売り切って、売上金で新しい本棚と書籍を部室に置きたい。あと一ヶ月ちょっとで部員はひとりになってしまうが、貧弱な部室を充実させたかった。

チャイムが合図となり、二日目が始まる。昨日よりも客はたしかに増えてはいたが、売れるのはやっぱり漫画研究部の部誌ばかりで、文芸部はからっきしだった。

それでも時間が経つにつれさらに客足は増え、一部、また一部と部誌は売れていった。

そして昼過ぎに黒瀬はやってきた。昨日と同じ、いや、味をしめたのかさらに誇張したゾンビメイクを施し、ボロボロのセーラー服に身を包んでいた。頬にはナイフで切ったようなリアルで痛々しい切り傷を再現していて、思わず目を瞠《みは》る。

「さすがにやりすぎじゃない？　その顔と格好」

「昨日は評判よかったし、そのおかげで部誌も売れたんだし、これでいいの」

昨日といい今日といい、黒瀬の意外な一面に驚かされる。こういった陽キャラがしそうなことはしない子だと思っていた。でも同じクラスの生徒がやってくると、彼女は慌てて僕の背中に隠れる。彼らが去ると安堵したようにひょっこり顔を出す。その姿は見ていて面白く、ちょっとかわいかった。

「これ余ったから新太くんにもあげる」

「なにそれ」

「タトゥーシール。私のこれも実はシールなんだ」

黒瀬は自分の頬を指さした。生々しい切り傷はメイクではなく、ただのシールだったらしい。彼女は許可なく僕の頬にそれを貼る。ちがう意味で痛々しいやつらだと思われそうで、すぐにでも剝がしたかった。

「あはは、似合ってる。写真撮ろうか？」

「……いや、いい」

ハロウィンが近いこともあって、コスプレをしている生徒も少なからずいるため、意外と目立たない。このまま溶けこむことにした。僕にとっては最後の文化祭だし、こうやって黒瀬と非日常を楽しむのも悪くないなと思った。

一日目と同様に、黒瀬が店番に加わると部誌は次々と売れていった。

コスプレをしている綺麗なお姉さんがいる、と小さい子が黒瀬を指さし、親が部誌を買ってくれた。そんな調子で黒瀬は着実に部誌を売り捌き、文化祭終了時刻の一時間前に完売させた。

「完売したね！　もっと刷ってもよかったかも」

「売れたね。とりあえず、着替えてきたら？」

黒瀬は着替えを持ってぱたぱたと走っていった。僕は売上金をまとめて、後片付けを始める。とはいっても飾りつけは一切していないので、部誌を並べるためにくっつけていた机を元の位置に戻すだけで終わった。

数分待っていると、ゾンビメイクを落としいつもの制服に着替えた黒瀬が戻ってきた。

「片付けてくれたんだ。任せっぱなしでごめんね」

「黒瀬は部誌をつくってくれたし、和也は小説を提供してくれた。僕はなんもしてないからこのくらいはやらないとね」

まだ少し時間があったので、黒瀬と校内を回ることにした。同じクラスの生徒たちが物珍しそうに僕らを見てきたが、そんなことはどうだってよかった。

僕たちは講堂で軽音楽部のバンド演奏を聴いたり、美術部の生徒が描いた絵の展示を見て回ったりした。まるで黒瀬とデートをしているみたいで、少しだけ緊張した。横目で黒瀬の顔を盗み見ると、彼女は美術部員が描いた謎の動物の絵を熱心に眺めていた。

黒瀬は美術室を出ると思い出したように今さら僕の後ろを歩く。僕が歩くスピードを緩めると、黒瀬もゆっくりと歩き、一向に距離は縮まらない。

「なんでそんなに頑なに隣を歩こうとしないの？　さっきまで横にいたのに」

見かねてそう声をかける。わかり切った答えが返ってきた。

「さっきはついうっかりだよ……。私と一緒にいたら、新太くんまで変人扱いされるよ」

「べつにいいよ、今さら誰にどう思われようが。文化祭のときまでそんなこと気にする人、黒瀬だけなんじゃない？」

僕の言葉を聞いた黒瀬は観念したように歩を進め、並んで歩きはじめる。彼女の耳は赤くなっていた。

文化祭の終了時刻が迫っていたので、最後に僕のクラスに寄った。

「お、新太に黒瀬ちゃん。部誌売れた？」

たこ焼きをつくっていた和也は僕と黒瀬に気づくと、身を乗り出して聞いてきた。

「なんと完売したよ」

「まじ？　すごいじゃん！」

まあね、と僕は和也の目を見ずに答える。

黒瀬のおかげで売れたようなものなので、控えめに笑ってから「たこ焼きひとつ」と人差し指を立てて注文した。

トロピカルジュースのお返しだと言って代金は黒瀬が支払ってくれた。たこ焼きがはみ出そうなくらいぱんぱんに詰まった熱々のフードパックを受け取ると、教室を出て文芸部の部室に向かう。

部室に着くと八個のたこ焼きを黒瀬と分け合って食べる。

「今食べたやつ、たこ入ってなかった」

文句を言いながら食べていると、和也が八個入りのたこ焼きを三つ持って部室にやってきた。

「材料余ったからつくってきた！　打ち上げやろう！　タコパタコパ！」

コーラやオレンジジュースなども買ってきたようで、三人で小さな打ち上げを開催した。

「クラスの打ち上げに行かなくてよかったの？」

僕と和也のクラスは文化祭が終わったあと、みんなでカラオケに行くことになっていた。参加は自由とのことなので、僕は当然不参加だ。

「ああ、いいよいいよ。どうせ一曲か二曲くらいしか歌えないだろうし、なんか疲れたから新太と黒瀬ちゃんといた方が落ち着くし」

そう言ってくれたのは素直に嬉しかった。照れくさいことをサラッと言ってのけるのも、和也のいいところだ。

「なんか久しぶりだね。部室に三人集まるの……って熱っ！」

猫舌らしい黒瀬は、口元を押さえてもがき苦しむ。それを見て僕と和也はケラケラ笑う。彼女は涙目になりながら飲みこむと、オレンジジュースで口内を冷やした。

「でもたしかに久しぶりだな。最近はみんな忙しかったもんな」

たこ焼きを二個口の中に入れて、ハムスターのように頬を膨らませて和也は言う。

僕はバイトで和也は文化祭の準備、黒瀬は傷心して一週間休むなど、最近は三人集まるタイミングが少なかった。あと何回、こうやって同じ時間を過ごせるのだろう。三人で笑い合ったり、静かな部室で読書をしたり、ときたま見られる黒瀬の天然ぶりにほっこりしたり。

「来年はさ、五百部刷って売上金で盛大な打ち上げをしよう。残ったお金は山分けしてさ」

『32』の数字を頭上で揺らしながら、前歯に青のりを引っつけて和也は喋る。来年のことを言うと鬼が笑うと言うが、僕はとても笑えなかった。

「どうした新太。なんか元気ねーな」

「……そんなことないよ。今、楽しいし」

「まあ、新太っていつもテンション低いもんな」

「これでも今日は高い方だよ」

僕と和也のやり取りを、黒瀬は心配そうに見つめる。彼女の目に、僕らはどう映っているのだろう。

　こんな狭い部室でふたりも背後が真っ黒だったら、少し暗く見えるのかもしれない。和也の方が五日早く死んでしまうから、僕より濃いのかな、なんて思ったりした。

　たこ焼きを平らげたあと、三人で部室を出てすっかり静まり返った校内を歩く。昼間の喧騒が嘘のように、文化祭が終わったあとの校内は落莫《らくばく》としていた。

「じゃあ、休み明け学校で」

　黒瀬とは駅前で別れ、僕と和也は駅舎に入る。

「そういえば雨おん……じゃなかった。唯ちゃんだっけ？　文化祭に誘わなかったの？」

　和也のことだから雨女を文化祭に誘っているのだと思っていたが、彼は首を横に振った。

「誘ってないよ」

「なんで？」

「……ほら、俺忙しいから誘っても一緒に回れないしさ、ひとりにさせたら悪いしさ」

　ぎこちなく笑う和也に違和感を覚えた。らしくないし、和也なら無理やりにでも時間をつくって一緒に回るくらいはしたはずだ。もしかして喧嘩でもしたのかな、と思ってそれ以上聞くのはやめておいた。

　自宅の最寄り駅で電車を降り、駐輪場へ向かう。外はすでに真っ暗で、自転車を探すのもひと苦労だ。帰る方向がちがうので、和也とはここで別れる。

「じゃあな和也。また来週」

解錠し自転車に跨ると、和也が僕を呼び止めた。

「あのさ、新太」

「ん？」

僕は首だけ振り向く。

「その……なんていうか……」

いつもハキハキしている和也が、珍しく言い淀む。

「もしかして唯ちゃんと喧嘩でもした？　悪いけど、恋愛相談はほかを当たった方がいいよ。僕にアドバイスできることなんてないし」

恋愛経験の乏しい僕が力になれるとは思えないし、なにより和也と恋バナをするのは照れくさかった。

彼は一瞬面食らったような顔をしたあと、プッと噴き出した。

「ああ、そうだよな。新太に相談しても解決しないよなぁ」

いつもの調子に戻って、和也は笑いながら頭を掻く。

「またな、新太」

和也は軽く手を上げて暗闇に消えていった。

久しぶりに充実した一日だったな、と思いながら、僕は軽快に自転車を漕いで薄ら寒い夜道を疾走した。

交錯する想い

黒瀬からメッセージが届いたのは文化祭翌日の早朝だった。この日は代休だったため、そのメッセージにたたき起こされた。

『寿命を見てほしい人がいるの』

それと一緒に、よろしくお願いしますと頭を下げるうさぎのスタンプが添えてあった。文化祭のあとで話があると言っていたのは、おそらくこれのことだったのだろう。

見るだけならいいか、と思い『いいよ』と返事を送る。

『ありがとう。今から出てこられる？』

『うん、すぐ行く』

その後、学校の最寄り駅で落ち合うことになった。バイトは休みだし予定もなかったのでちょうどよかった。それに、黒瀬に頼られるのは悪い気はしない。

黒瀬は僕より先に駅に来ていた。黒のタートルにデニムを合わせ、大人びた雰囲気を纏っている。

「あ、来た来た」

黒瀬は僕に気づくと手にしていた携帯を鞄にしまい、小さく微笑んだ。

「それで、誰の寿命を見てほしいの？」

さっそく本題に入る。辺りを見回すが、近くにそれらしき人物の姿はなかった。

「とりあえず、電車に乗ろう。話はそれから」

そう言ってから彼女は切符を二枚買って、一枚を僕にくれた。遠慮なく受け取って改札口を通り、電車を待つ。

おそらく、黒瀬は懲りずにまた誰かの命を救おうとしているにちがいない。やめておけばいいのに、きっと僕がなにを言っても聞く耳を持たないだろう。

時間どおりにやってきた電車に乗りこみ、ふたり並んで座席に腰掛けた。

「で、どこまで行くの？」

改札口を通ってから口を閉ざしていた黒瀬に、僕は正面を向いたまま問いかける。切符の料金から見て、近場ではないだろうなと思った。

「ちょっと遠いけど、一応県内だから」

「ふうん」

電車に揺られること約一時間。見知らぬ駅で僕たちは降車した。僕はもちろん、黒瀬も来たことがないらしく、地図のアプリを見ながら先を歩く。

「お姉ちゃんの友達なんだ、その人」

駅舎を出て数分歩き、赤信号で足を止めると黒瀬はぽつりと言った。

「……そうなんだ」

「昔からお姉ちゃんと仲良しで、私も小さい頃よく遊んでもらってた。ふたり目のお姉ちゃんって感じの人で、この前久しぶりにうちに遊びにきたの。そしたら……見えちゃったんだ」

前方の信号が青に変わったが、黒瀬は俯いていて気づかない。仕方なく歩き出すと、彼女も遅れて歩を進める。会ったときからずっと、彼女の表情は曇ったままだ。

「それで、その人の命を救いたいってわけだ」

「いけない？　そう思っちゃ。まったく知らない人ならともかく、沙耶香《さやか》ちゃんはお姉ちゃんの大切な友達で、私にとっても同じだから」

怒気を孕んだ口調で黒瀬は捲し立てる。僕にというよりは、抜き差しならないこの状況に憤っている様子だった。彼女は早歩きで僕の前をずんずん進み、国道沿いにあるファミレスに入っていく。

「いらっしゃいませ……って舞ちゃん？　来てくれるなんて珍しいね。お隣は彼氏さん？」

入店すると背の高い女性店員が黒瀬に親しげに声をかけた。端正な顔立ちの綺麗な人だと思ったが、僕の視線は彼女の整った顔よりもその上部に向かう。そこに浮かんでいた数字を目にして愕然とする。

「ちがうちがう。彼氏じゃなくて、部活仲間の望月新太くん。で、こちらはお姉ちゃんの友達の、武中《たけなか》沙耶香ちゃん」

黒瀬は僕と沙耶香さんを同時に紹介する。こんにちは、と僕は平静を装って会釈をした。沙耶香さんもぺこりと頭を下げて、僕たちを席に案内してくれた。

ちょうど昼時だったので僕はステーキセットを、黒瀬はカルボナーラを注文した。

「じゃ、ごゆっくり」

沙耶香さんはにこりと笑い、ポニーテールに結った髪の毛を揺らしながら厨房へ下がっていった。黒瀬はお冷をひと口飲むと、じっと僕を見つめる。

「……見えたんでしょ？」

僕がこくりと小さく頷くと、「あと何日？」と黒瀬は間髪を容れずに言った。僕はお冷を半分ほど喉に流しこんだあと、今しがた見えた数字を黒瀬に伝える。

「あと五日しかなかった。なんていうか、お察しします」

沙耶香さんは黒瀬のお姉さん的な存在だと言っていたので、言葉を慎重に選んだ。ある程度覚悟はできているとは思うが、具体的な数字を告げられるときっと堪えるだろう。

「……そっか。あと五日」

消え入りそうな声で黒瀬は呟く。彼女はしょんぼりと俯き、僕らのテーブルには重苦しい空気が漂う。傍からは別れ話をしているカップルに見えるかもしれない。

僕はかける言葉が見つからず、その場しのぎにちびちびお冷を飲んだ。グラスが空になったので、今度はメニュー表を見て気まずい空気から逃れようとした。そのタイミングで注文した料理が運ばれてきた。

「ごゆっくり～」

沙耶香さんは丁寧に料理をテーブルに並べたあと、上機嫌に去っていった。

「食べないの？」

黒瀬は目の前に置かれたカルボナーラには手をつけず、暗然とした表情で俯いている。

彼女がそんなだから僕もステーキにナイフを入れるわけにもいかず、お預けをくらう。

「なんか……食欲なくなった」

顔を上げずに黒瀬は答える。冷めちゃうから食べて、と彼女は付け加えた。

「じゃあ……遠慮なく」

一応断りを入れてからステーキに刃を当てる。肉が柔らかくて少しも力を入れることなく切ることができた。僕はそれを黙々と口に運ぶ。こんな状況下で食べても、ステーキは憎たらしいほどおいしかった。

その後黒瀬は、カルボナーラをひと口だけ口に運んでフォークを置いた。

「私が払うね」

伝票を手に取りレジまで行くと、黒瀬は財布を取り出した。

「いや、僕が払うよ。バイト代入ったばっかだしさ」

「でも誘ったのは私だから」

しばらく押し問答したあと、黒瀬が折れて代金は僕が支払った。


「ねえ、ちょっと待って！　私もうすぐ上がるから、どこかで話さない？」

店を出てすぐに沙耶香さんが僕たちを呼び止めた。黒瀬は逡巡するような素振りを見せ、

「……私は大丈夫だけど、新太くんはどうする？」と僕に振る。同行を求めるような不安げな目を僕に向けてくるので、固辞しようにもできなかった。

店の前で待つこと十五分。結んでいた髪の毛を下ろした私服姿の沙耶香さんが、ガラス戸を押し開けて店から出てきた。ネイビーのテーラードジャケットにタイトなスカートを合わせ、女子大生というよりＯＬのような雰囲気だ。気のせいか頭上で揺れる黒い数字までお洒落に感じてしまう。

「お待たせ。すぐ近くにかわいいカフェがあるから、そこでいい？」

「うん、私はどこでも……」

黒瀬は無理やり貼りつけたような笑顔を沙耶香さんに向ける。そこから数分歩くと瀟洒《しょうしゃ》な建物が見えてきて、思ったとおり先頭を歩く沙耶香さんはその建物に入っていった。

店内は小洒落ていて観葉植物があちこちに配置され、緑が多かった。かわいいというよりは落ち着いた雰囲気で、普段小説を書くのにカフェを利用する和也は気に入りそうだなと思った。

沙耶香さんはお喋りが好きな人のようで、席に座るや否や滔々と話しはじめた。

約三十分間、沙耶香さんは止まることなく話し続けた。黒瀬が僕と和也以外の人と親しげに話している姿は新鮮で、僕も自然と笑顔になる。

「聞いてよ、新太くん。舞ちゃんね、中一の頃好きな男の子に告白されたのに断っちゃって、どうしようどうしようって私に泣きついてきたのよ」

「あ、あれはなんていうか、自分でもなんで断ったのかよく覚えてなくて……。って、もういいよその話は！」

黒瀬は顔を赤らめて続きを話そうとする沙耶香さんを止める。沙耶香さんはほかにも黒瀬の失敗談などを僕に教えてくれて、黒瀬はその話に補足や弁明をする。僕は終始愛想笑いをしてふたりの話を聞く役目だが、黒瀬の意外な一面を知れたし、なにより黒瀬は僕が思っていたよりも普通の女の子で、好感が持てた。ふたりは本当の姉妹のように仲が良く、彼女らのかけ合いは見ていて飽きなかった。

「新太くん飲み物おかわりしたら？　私が奢るから、ふたりともじゃんじゃん飲んで」

ここはカフェだというのに、まるで居酒屋に来たかのようなテンションで沙耶香さんは飲み物を勧めてくる。僕と黒瀬はお言葉に甘えて、カフェラテとキャラメルフラペチーノをそれぞれ追加で注文した。

沙耶香さんは現在三つ年上の社会人の男性と遠距離恋愛をしているらしく、次に会えるのは一ヶ月後なのだとか。黒瀬は初耳だったようで、嬉しそうに恋人の話をする沙耶香さんの話を涙目で黙って聞いていた。そして耐えかねたのか、「お手洗い行ってくる」と目元を押さえて席を立った。沙耶香さんも黒瀬の様子に気づいたようで、「どうしたんだろう」と声を漏らした。

一旦会話が途切れ、沙耶香さんは二杯目の抹茶ラテを口に運ぶ。美人で朗らかで、なんでもあけすけに話してくれる彼女は生き生きとしていて、死とはまるで対極にいる人だと思った。

あんなに元気だったのに……。彼女の死後、周囲の人たちはそんな嘆きを口々に漏らすのだろう。

「あの……変なことを聞いてもいいですか？」

沙耶香さんはグラスをテーブルに置いて、「なあに？」と口元を緩めた。

「沙耶香さんは、なんのために生きてますか？」

まさかそんな質問をされるとは思わなかったのだろう。沙耶香さんは面食らったのち、プッと噴き出した。

「なんのために、かぁ。そんなこと考えたことなかったなぁ」

「……そうですよね。変なこと聞いてすみません」

沙耶香さんはまだ二十歳の女子大生で、死について考えるには早すぎる。それなのに彼女は、あと一週間も経たないうちに死んでしまう。その事実が僕の胸を締めつけ、飲み干したカフェラテが逆流しそうになった。

「でも、そうだなぁ。強いて言うなら叶えたい目標のために今は生きてるかな」

「目標……ですか」

「そう、目標。私ね、学校の先生になるのが夢なの。中学の頃に出会った先生が大好きで、その先生みたいな頼れる教師になりたくて、その目標を達成するために生きてる、かな」

将来の夢のため……。生きる意味としてはオーソドックスで、たいていの人が答えそうなものではあるが、彼女が口にすると聞き流すわけにはいかなかった。

「その先生は、どんな人だったんですか？」

「私ね、中学の頃いじめられてたんだ。毎日死にたくて、どうやって死のうか、そんなことばかり考えてた」

そんな辛い過去があったとは、今の沙耶香さんからは想像もできなかった。

「結局怖くて死ねなくて、放課後の誰もいない教室で泣いてたら、その先生が声をかけてくれたの。あ、女の先生ね」

「それで、その先生が力になってくれたとか、そんな感じですか？」

「まあ、端的に言えばそう。でもそれ以上に救われたというか。その先生に出会ってなかったら私はとっくに死んでたと思うから」

沙耶香さんの言葉がちくりと胸を刺した。彼女の命は恩師に出会ったことで延長されたが、それもわずかだけだった。僕も黒瀬のようにトイレに駆けこみたい気持ちだが、彼女が戻ってこない以上この状況で席を離れるわけにはいかなかった。

沙耶香さんの心を救った教師は彼女の話を最後まで聞いたあと、ぼろぼろ涙を流し、一緒に解決しようと寄り添ってくれたという。大人が子どものように、ましてや自分のために泣いてくれたことが嬉しくて、その教師を信じてみようと思ったと沙耶香さんは話した。

「よく、いじめが起きても教師は役に立たないとか言われるけど、私はそんなことないと思ってる。現に私は救われたし、その先生のようにひとりでも多くの生徒を私は救いたい。なんて、今時そんな熱血教師は古いよね」

沙耶香さんは舌をぺろりと出しておどけてみせた。僕は曖昧に返事をして、空になったグラスをただ見つめる。彼女が死ぬことを知らなければ素直に応援できたのに。

「あ、戻ってきた」

沙耶香さんの視線の先に目を向けると、黒瀬が戻ってくるのが見えた。彼女の帰還に救われる思いだった。あと数秒遅ければ、きっと僕も席を立っていたにちがいない。

黒瀬が戻ってきたタイミングでお開きとなり、会計は沙耶香さんが携帯を機械にかざしてすんなり済ませてくれた。

「じゃあふたりとも、またね」

帰る方向が駅とは反対らしく、店を出てすぐに沙耶香さんとは別れた。黒瀬はぎこちなく笑って手を振る。沙耶香さんが背を向けると、途端に黒瀬の表情は曇る。眉を八の字にし、今にも泣き出してしまいそうな幼子のような顔。見ていられなくて、僕はひと足先に来た道を戻る。

少し歩いたところで振り返ると、黒瀬は俯きがちに歩いていた。

「どうしたらいいんだろう」

駅のホームまで来たところで黒瀬はやっと口を開いた。ちょうど数分前に出てしまったらしく、次の電車が来るまでまだ時間があった。

「どうしようもないと思う。それが沙耶香さんの運命なんだから、素直に受け入れるべきじゃないかな」

角が立たないように、穏やかに、黒瀬の独り言のような問いかけに返事をする。沙耶香さんの健気な話を聞いても、僕は自分の考えを変えるつもりはなかった。黒瀬はなにも言わずにベンチに腰掛ける。

「救うんじゃなくてさ、その人との最後の時間を大切に過ごすっていう考え方にシフトした方がいいんじゃないかな、黒瀬は」

言いながら僕もベンチに腰を下ろす。月曜日の午後、駅のホームには僕らのほかに数人が電車を待っている。仮にその全員の寿命が残りわずかだとしたら、黒瀬はどうするのだろう。みんなまとめて救うとか言い出しそうで、それはそれで彼女らしいなと思う。

「そんなの……やっぱり無理。死ぬってわかってるのになにもしないなんて、私にはできない」

黒瀬がそう言うのなら、僕にはなにも言うことはない。彼女がそうしたいならそうするべきだと思うし、止める理由もなかった。

「じゃあ、助けたらいいと思う。あとで後悔するくらいなら、やってみたらいい」

「……新太くんも協力してくれる？」

僕が答える前に電車がホームにやってきて、会話は中断された。

帰路は苦痛だった。黒瀬は終始暗い顔をしているし、かける言葉も見つからないしで、一時間が二時間にも三時間にも感じられた。

電車を降りた頃には疲労困憊で、外の空気が異常なほどおいしかった。

「今日は付き合ってくれてありがとう。私、いろいろ考えてみる！」

この一時間でなにか決心したのか、彼女の目には光が戻っていた。こんなに誰かのことを真剣に考えられるなんて、ちょっと素敵だなと思った。

「ああ、うん。あんまり抱えこまないように」

「うん、ありがとう！」

そのまま自転車に乗って黒瀬は走り去る。

そうして僕の貴重な一日は、またひとつ過ぎていった。

迎えた五日後の土曜日。僕の頭上の数字は『31』になっていた。

「あと一ヶ月か……」ため息交じりにぼそりと呟く。僕を嘲笑うかのように揺れ動く数字をじっと見つめる。こいつのせいで最近はなにを食べても味がしないし、喜怒哀楽の半分の感情を失いつつあった。失ったのはもちろん喜と楽で、怒と哀の感情すら今は消えかけている。一ヶ月後にはきっと、空っぽになって死んでいくんだろうな、と思いながら洗面所を出て自室に戻る。

あれから黒瀬と、沙耶香さんの話は一切していない。おそらく黒瀬は、ひとりで沙耶香さんを救うつもりだろう。

僕は念のため今日はバイトの休みをもらっていたが、結局黒瀬から連絡はなかった。時刻は午前九時。僕はどうしても気になって黒瀬に電話をかけた。

すぐに電話に出た彼女は、始発の電車に乗ってすでに沙耶香さんの自宅前で待機しているとのことだった。沙耶香さんは現在、通っている大学の近くのアパートでひとり暮らしをしており、黒瀬は彼女の今日の予定を聞き出して朝から張りこんでいるのだとか。沙耶香さんは午後から友人と買い物に出かけるようで、予定変更などの可能性も考慮してこの時間から待ち伏せしているらしかった。

「新太くんも、来てくれるの？」

期待を込めた黒瀬の言葉に、僕は「いいよ」と答えていた。なぜ即答したのか自分でもわからないけれど、黒瀬のそばにいてやりたいと思った。きっと彼女の胸は今、不安と恐怖に埋め尽くされているはずだ。電話越しに救いを求めるような彼女の声を聞くと、じっとしてはいられなかった。

すぐに支度を済ませて家を飛び出した。もちろん僕はただのつき添いで、沙耶香さんを救うのは黒瀬の役目だ。そこだけは電話を切る前にしっかりと念を押しておいた。黒瀬のことは心配だけれど、僕は常に、寿命を迎える人の生と死のどちらにも関わらない中立の立場でいたかった。

一時間以上かけて目的地に着くと、黒瀬に教えられた住所を地図アプリで検索し、早足で向かった。動きがあれば連絡が来ることになっていたが、携帯はうんともすんとも鳴らない。予定は午後からと聞いていたので、おそらく沙耶香さんはまだ自宅だろう。

黒瀬に教えてもらった住所周辺に着くと、前方にコンビニが見えた。店先の木製のベンチにはサンドイッチを頬張る黒瀬の姿があった。オーバーサイズの黒のパーカーに身を包んでいる。

「なにしてんの？」

「あ、本当に来てくれたんだ。見てのとおり、お昼ご飯食べてる」

「それはわかるけど、見張りは？」

そう聞くと、黒瀬は僕の背後を指さす。

「そこのベージュのアパートが沙耶香ちゃんの家だよ」

振り返ると道路を挟んだ向こう側に、小綺麗なアパートがあった。

「てことは、朝からずっとここにいたの？」

そうだよ、と黒瀬はパーカーのポケットに手を突っ込み、肩を縮めた。

僕はコンビニに入り、ホットの缶コーヒーを二本購入する。そのうちの甘い方を黒瀬に手渡して、ひとり分空けてベンチに腰掛けた。

「ありがとう。お金払うね」

「いらないって。死ぬ前にお金は全部使い切りたいし」

「……そっか」

黒瀬は出しかけていた財布を鞄にしまう。ひと言余計だったな、と言い終えてから反省した。

缶コーヒーを飲み終えた直後、黒瀬が「あっ！」と声を上げた。

彼女の視線の先を追うと、ベージュのアパートの一室から出てくる女性の姿を捉えた。

この距離ではよくわからないけれど、頭上で微かに揺れ動くものも見える。

「あれ、沙耶香さんかな？」

「うん、まちがいないと思う」

黒瀬は立ち上がり、空き缶をゴミ箱に捨ててから尾行を開始する。僕も遅れて腰を上げ、彼女のあとを追う。

腕時計を確認すると時刻は十一時半過ぎで、午後から友人と待ち合わせなら予定どおりではある。そんなに近寄って大丈夫なのかと思うくらい、黒瀬は距離を詰める。

「なにかあったら、すぐに対応できる距離にいないと」

僕の思いを察したのか、黒瀬は小声で言った。

「でも、もし事故が起こるなら近づきすぎると危ないと思う」

僕の忠告を聞き流して、黒瀬はさらに歩く速度を上げる。

そのとき、異変に気づいた。

「えっ……」

黒瀬も感じ取ったらしく、足を止める。

前を歩く沙耶香さんが赤信号で立ち止まった。横の横断歩道を渡ってきたカップルを見て、戦慄が走る。

そのふたりの頭上にも、『0』の数字が浮かんでいた。ふたりは沙耶香さんのすぐ横で信号を待っている。

人の死の瞬間はいつだって、非情なまでに前触れもなく訪れる。

前方の信号が青に変わり、沙耶香さんと手を繋ぐふたりの男女は横断歩道を渡りはじめる。その刹那、黒瀬は駆け出し、僕は反射的に彼女の肩を摑んだ。同時に一台の乗用車がすごいスピードで横断歩道に進入してきた。

骨が砕け散るような鈍い音が交差点に響き渡り、三人の人間が撥ね飛ばされるのを目の当たりにした。一瞬の出来事だった。人間がこんなにも簡単に飛んでいくのかと思うくらい、撥ねられた三人は遠くに転がっていった。その姿はまるで人形のようだと思った。

黒瀬はその場にへたりこみ、生気の抜けたような表情をしている。

三人を撥ねた乗用車は一旦停止したあと、すぐに走り去っていった。

我に返った僕は震える手で携帯を操作し、救急車を呼ぶ。しどろもどろになりながら状況と事故現場の大まかな住所を伝え、電話を切った。

なにが起こるのか、一瞬早く理解していなければきっとすぐには動けなかった。少しでも遅れていたら黒瀬まで巻き添えになっていたかと思うとゾッとする。心臓の鼓動は爆発しそうなほど加速していて、胸に手を添えて鎮まるのを待った。

気づけば野次馬が集まっていて、辺りは騒然としていた。黒瀬は腰が抜けてしまったようで、まだ地べたに座りこんでいる。彼女にかける言葉が見つからなかった。

ふたりともその場から一歩も動けないまま固まり、気づいたときには救急車が到着していた。僕たちは撥ねられた三人が運ばれていく様を、ただ遠くから見ることしかできなかった。

救急車が走り去ると野次馬たちは方々に散り、生々しい血痕が残る事故現場では、警察官たちだけが忙しく走り回っていた。

僕と黒瀬は目撃者として事情聴取され、ショックのあまり黙ったままの黒瀬の代わりに僕が警察官と話した。ナンバーまでは確認できなかったが、車種やカラーなどを伝える。

「黒瀬、立てるか?」

事情聴取を終えると、まだ立ち上がれずにいた黒瀬に声をかける。とりあえず、どこか落ち着ける場所に移動しようと言った。しかし彼女は僕の呼びかけに応答せず、放心したように遠くを見つめているだけだった。

しばらく待っても黒瀬は微動だにしないので、肩を摑んで彼女を立たせた。僕の腕にしがみつくように歩く黒瀬を支え、先ほど座っていたコンビニのベンチまでゆっくりと進む。進むたびに黒瀬の呼吸は荒くなっていった。

ようやく現実を受け止めたのか、黒瀬はコンビニのベンチに着いた頃には泣き出してしまった。実の姉のように慕っていた人を救えなかったのだ。彼女の悲しみは計り知れない。

僕はただ、彼女が泣きやむのを待った。慰めの言葉をかけるより、隣にいてやることが最善だと思ったから。嗚咽を漏らす黒瀬の隣で、僕は膝の上でぎゅっと握りしめた自分の拳をただ見つめた。ハンカチひとつ持ち合わせていない自分を憎んだ。

約一時間、僕たちは無言でベンチに座っていた。黒瀬はようやく泣きやみ、幾分落ち着きを取り戻していた。

「大丈夫？　なにか飲み物買ってこようか？」

涙を流して水分を大量消費したであろう黒瀬を気遣う。彼女はかすれた声で、「水飲みたい」と言った。

僕はコンビニで水を購入し、ベンチで待っている黒瀬に手渡した。彼女はパーカーの袖から伸びた細くて長い指でキャップを開け、水をコクコク飲んだ。

よほど喉が渇いていたようで、天然水は彼女の胃に一気に半分ほど流れていった。

「少しは落ち着いた？」

恐る恐る、問いかける。

「……うん。でも、胸が痛い」

目と鼻の先を真っ赤に染めた黒瀬は、みぞおちのあたりをぎゅっと摑む。一時間前に目にしたばかりの凄惨な事故を思い出したのか、再び黒瀬の呼吸は荒くなる。

「落ち着いて。とりあえず、ゆっくり水を飲んで」

もうしばらく休んでから、僕たちは駅に向かった。

帰りの電車の中、黒瀬は流れていく窓の外を黙ってじっと眺めていた。今はそっとしておこうと思って、僕は目を瞑る。時折洟をすする音が聞こえたけれど、寝たふりをして電車の揺れに身を任せた。

人の死を目の当たりにすると、決して他人事ではないのだと間近に迫る自分の死を再認識させられる。

一ヶ月後に、僕もこの世を去る。

その準備と覚悟は、正直言うとまだできていなかった。死の運命を受け入れているとはいえ、こんなに早くこの世を去ることに対して納得はできていないのだ。でも運命だから仕方がない。運命には誰であろうと逆らってはいけない。お決まりのその場しのぎの言葉を並べて自分自身を抑制し、もやもやする心を鎮めるしかなかった。


週明けから黒瀬は学校を休んでいる。今回ばかりは僕は一度も彼女に連絡をしていない。気の利いた慰めの言葉も浮かばないし、かといってまったく別の話題を持ちかけるのもちがうと思った。今は気の済むまで休ませて、傷が癒えるまで待つことにした。

沙耶香さんを轢いて逃走した乗用車の運転手は、翌日になって出頭したとニュースでやっていた。四十代の会社員の男性で、よそ見をしていて赤信号に気がつかなかった、人を撥ねたとは思わなかった、と苦しい言い訳をしていた。

十一月に入り、徐々に寒さが増して秋の深まりを肌で感じる朝。鏡で見た僕の頭上の数字は『26』になっていた。日に日に減っていく数字とともに気温も下がり、身を切られる思いで今日も登校する。正直、もう学校へ行くのはやめようかと考えていたが、黒瀬のことが心配で寒空の下、身を縮めて重たい足を運んだ。

その日黒瀬は、六日ぶりに登校してきた。てっきり欠席だと思っていたが、放課後になると彼女は部室に姿を現したのだ。

「あれ、黒瀬ちゃん今日来てたんだ。知らんかった」

パソコンの画面に向けていた顔を上げ、和也は『21』の数字をなびかせて言った。彼には事故の二日後に事情を説明していたので、憐憫の眼差しを黒瀬に向けていた。

「今日からまた復帰した。心配かけてごめんね」

そう言ってから黒瀬はいつもの席に腰を下ろす。鞄の中からカバー付きの本を手に取り、開いた。

「そういえば締め切りそろそろだけど、小説間に合うの？」

ふと思い出して和也に聞いた。たしか新人賞の締め切りは今月末だったと記憶している。

「ああ、間に合う間に合う。てかもう書き終わってて、今は推敲中」

「あ、そうなの？　終わったら読ませて」

「いや、だめだな。この作品は有料レベル」

ノートパソコンを閉じる仕草を見せて和也は笑う。はいはい、と言って僕は読書を再開する。

「ねぇ、和也くんはどうして小説家になりたいって思ったの？」

読んでいた本を鞄に戻して、黒瀬は和也に問いかけた。いい質問だと思ったのか、和也は身を乗り出して答える。

「よく聞いてくれた。実は中学の頃、いろいろ悩んでた時期があってさ。なにもかも嫌になって塞ぎこんでたときに、一冊の本と出会ったんだ」

「和也が悩むことなんてあるんだ」

どこか芝居じみた和也の言葉に、茶々を入れる。

「あるよ、悩みくらい。それでさ、なんとなく手に取ったその本を読んでみたら、ぐさぐさ胸に突き刺さったんだ。涙が止まらなくなって、心が浄化されていくみたいでさ。なんていうか、小説って時に人を救うんだって思った」

和也の言っていることは、わからなくはなかった。僕も何度か小説に救われたことがある。それに、物語に没頭しているときだけ、僕は頭上の数字を忘れられる。

「それ、ちょっとわかるかも。私も本に救われることある」

黒瀬が和也の言葉に共感する。僕は普段は読まないからわからないけれど、自己啓発本でも救われることがあるのかと意外に思った。

「だからさ、俺もそうやって誰かの心を救う物語を書きたいと思ったんだ。誰かひとりでもいい、俺が書いた小説が誰かの胸に届いてくれれば。そう思って書きはじめた」

和也が小説を書きはじめた理由を聞いたのは初めてだった。彼のことだから真面目に働くのが嫌で、好きなことをして稼ぎたいだとか、女性読者にちやほやされたいだとか言い出すのかと思っていた。しかし、まさかそんな高尚な理由があったとは。時折見せる和也の意外な一面に、僕は驚嘆するばかりだ。

「立派な目標だね。てっきり、お金のためだと思ってた」

はっきりと物を言う黒瀬にも驚かされる。ちげえよ、と和也はゲラゲラ笑う。夢半ばでこの世を去ることになる彼を思うと、胸が詰まってぎこちなく笑うことしかできなかった。

「よし！　いつものカフェで推敲してくる！　あそこは邪魔が入らないし落ち着くんだ」

「邪魔ってもしかして、僕と黒瀬のこと？」

「ちがうちがう！　軽音楽部のやかましい演奏とか、ときどき聞こえてくるオカルト研究部の奇声とかだよ」

言いながら和也は肩をすくめる。ノートパソコンを閉じ、鞄に押しこんで席を立った。

「じゃあ、お先」

和也が出ていった部室はいつだって静かで、軽音楽部のまとまりのない演奏が耳につく。オカルト研究部の謎の呪文まで聞こえてきて、黒瀬と顔を見合わせ苦笑する。

「さっきの話、聞いたよね。このまま和也くんを死なせていいの？」

「……そういう言い方はやめろよ。和也が死ぬのは、まるで僕のせいみたいに聞こえる」

「そんなこと思ってないよ」

僕は深いため息をつく。いくら高尚な夢を持っていようが、人間は死ぬときは死ぬのだ。運命に抗っていい理由にはならない。

「もう何回も言ってるけどさ、僕は人の生死に関与しないって決めてる。たとえ親友の和也だろうと、誰だろうと救うつもりはないよ」

ひと息にそう言うと、黒瀬は物憂げな表情を見せる。もう何度も断言しているはずなのに、それでも翻意を促してくる黒瀬に腹が立った。

「とにかくさ、僕には僕の考えがあって、黒瀬には黒瀬の考えがある。お互いに干渉するのはやめよう」

「やっぱり幼馴染の、明梨さんだっけ？　救えなかったことを気にしてるんだ」

明梨の名が出た瞬間、僕は黒瀬を睨みつけた。明梨を救えなかったのは事実だ。僕が殺したも同然。でも、たとえそうであろうと他人にとやかく言われる筋合いはない。

「だからなんだよ。そんなこと黒瀬には関係ないだろ。明梨を救えなかったことと、和也を救わないことは関係ない。それが僕が出した答えなんだから」

「じゃあどうして明梨さんは救おうとしたのに、和也くんを救おうとしないの？　運命には逆らってはいけないなんて、そんなの誰が決めたの？　救おうとして救えなかったらって、怖いだけなんじゃないの？　自分が傷つくのが怖いだけなんじゃないの？」

怒気が交じった声音で黒瀬は捲し立てる。彼女の剣幕に気圧され、僕は口を噤んだ。

「私はひとりでも和也くんを救うから。もちろん、新太くんのことも」

言い終えると黒瀬は乱暴に鞄を摑み、そのまま部室を出ていった。

僕は椅子の背もたれに背中を預け、天井を見上げる。黒瀬に痛いところを突かれ、さらに追い討ちをかけるように二、三発パンチを食らったような気分だ。彼女の言葉はあまりにも的確で、そして真っ直ぐで、僕の弱った心にぐさぐさ突き刺さった。

本当は言われなくたってわかっているんだ、自分が逃げていることくらい。非情な現実から目を背け、無関係を装い、見て見ぬふりをする。そうすることで自身を守り、簡単に砕け散ってしまいそうな脆い自我を保ってきた。僕はそんな弱っちい人間なのだ。人の命を救うなんて、そんな大それたことはできっこない。明梨を救えなかったあのときからずっとそう思っていた。

遠くから聞こえてくる軽音楽部の演奏がぱたりとやんだ。今は静寂よりも雑な演奏でいいから耳に入れたい気分だった。

帰宅し、夕食の時間も入浴中もベッドに入ってからも、黒瀬の突き刺すようなあの言葉が頭の中でリフレインし、なかなか寝つけなかった。


次の日は学校を休んだ。朝方、激しく屋根を叩く雨の音で目を覚まし、階段を下りるのすら億劫で携帯を手に取り、『具合悪いから学校休む』と母さんにメッセージを送った。体はなんともないが、心が疲弊していた。

母さんはすぐに体温計を持って部屋にやってきたけれど、大丈夫だからと強めに言うと悲しげな顔をして出ていった。

二度寝から覚めたのは昼前で、和也と黒瀬からメッセージが届いていた。

『サボり？』

短い方は和也からだ。

『昨日は言いすぎました。ごめんなさい。月曜日は学校に来てね』

和也から欠席していることを聞いたのか、黒瀬からは僕を心配するメッセージが来ていた。そのどちらにも返信せず、僕は改めて残された二十五日を、どう生きるか真剣に考えることにした。

壁掛けのカレンダーに目を向ける。あと何回学校へ行けるだろうか、と数えてみる。ほかにもあと何回バイトへ行けるか、あと何回祖母の見舞いに行けるか、あと何冊の本が読めるか、残りの時間で僕にできる事柄の回数を数えた。限られた時間の中で僕にできることは、もうほとんど残されていなかった。

もう一度携帯を手に取り、久しぶりにツイッターを開く。ゼンゼンマン宛ての縋るようなメッセージが、相変わらず毎日のように届いていた。

寿命を見てほしいというものや、僕を神だと崇めるような内容のもの、中には僕を蔑むようなメッセージもあった。

『ゼンゼンマン参上！』

なんとなく、そんなツイートをしてみた。わずか数分足らずでいいねやリツイートの数がぐんぐん伸びていき、僕の馬鹿みたいな呟きは瞬く間に拡散されていった。

『寿命が見えた人には今から返信します。誤解されたくないので言いますが、私は面白がっているわけではなく、残された時間を有意義に使ってほしいから告げるのです。決して人の命を軽視しているわけではないです』

さらにもう一件のツイートを追加する。通知が止まらず、一旦オフにしてからメッセージ画面を開く。自分の写真なのか友人の写真なのか判然としないが、メッセージが立て続けに送られてくる。

短時間で数百件の写真付きメッセージを受信したが、僕は一件一件開いていく。寿命が見えたのはたったのふたり。見えたふたりにはしっかりと返信をする。数字と労りの言葉を添えて。中学の頃は善人ぶって、それでいて面倒くさくなると突き放すような言葉を添えたこともあったが、彼らの気持ちが痛いほどわかる今の僕に、そんなことができるはずもなかった。

メッセージの受信がようやく落ち着いてきて、そろそろ切り上げようとしたとき、一件の写真付きメッセージに目が留まった。

Ayakaというアカウント名の人物からのもので、写真にはふたりの女子高生が写っていた。ひとりは制服を着崩したいわゆるギャルで、もうひとりは淡いピンクのパジャマを着た清楚な美少女。後者の女の子に、僕は見覚えがあった。

祖母の病院でよく見かける、談話室で絵を描いている少女。横顔しか見たことがないのではっきりとはわからないが、おそらく彼女だ。頭上の数字がすべてを物語っている。

『私の大好きな親友です。不治の病に罹り、毎日病気と闘っています。彼女はまだまだ生きられますよね？　嘘でもいいから、そう言ってほしいです……助けてほしいです……』

どう返信すべきか迷った。送り主はおそらくギャルの方だろう。鮮やかなネイルを自慢するかのように顔の横で裏ピースをつくっている。その横で控えめに困ったように笑う少女。対照的で一見不釣り合いなふたりだが、文面によると親友なのだという。

酷かもしれないがはっきり告げるべきか、それとも濁すべきか。しかしそんなことをしてどうなる。正直に伝えるのがふたりのためだろうと思い、返信を打った。

『この写真がいつ撮られたものかわかりませんが、この日から二十三日後にお友達は亡くなってしまいます。最後の最後まで、どうかそばにいてあげてください』

送信ボタンを押そうとしたとき、Ayakaから追加でメッセージが送られてきた。

『ごめんなさい。やっぱり聞きたくないです。忘れてください』

その直後、僕のアカウントは彼女にブロックされたらしく、メッセージは送れなくなってしまった。

「なんだよ、この女」

思わず声が漏れる。善意で教えてやろうと思ったのに、彼女は現実から逃げ出した。親友の死に向き合う気はないのかと憤りを感じた。

軽く舌打ちして携帯の画面を閉じ、ベッドに放り投げた。


週が明けても朝から雨降りで、そのせいか気分が沈んでアラームが鳴っても起き上がることができず、僕は寝転んだまま窓を叩く雨音に耳を傾けていた。今頃和也は、歓喜しているだろうか、と想像する。雨の日は想い人に会える。和也が死ぬ日まで、ずっと雨が降り続けばいいのに。

不規則なリズムを刻む雨音は思いのほか心地よく、軽音楽部の演奏よりずっといいな、と目を瞑りながら思う。

その音を子守唄代わりにしていると、二陣のアラームが鳴って顔をしかめる。すぐに止めるも、今度はスヌーズが発動し仕方なく体を起こした。

ふと、僕はまた、もう学校へ行く必要はないのでは、と思った。ただ授業中に本を読んでいるだけなのだ。時間の無駄だし、交通費だってもったいない。もう一度横になろうとしたとき、携帯が鳴った。

和也と黒瀬からのメッセージで、学校へ来いとのことだった。

渋々身支度を整え、朝食もそこそこに棚に積んであった小説を二冊鞄に入れて家を出た。水溜まりの泥水を撥ね上げ、時間どおりにやってきたバスに乗りこんで駅へ向かう。窓の外に視線を向けて、鞄持ちの少年の姿を捜すが見当たらなかった。

「お、今日は来たか。金曜日はやっぱりサボり？」

バスを降りて駅舎に入ると、和也は僕より先に来ていた。

「ちょっと具合が悪かっただけだよ」

軽く受け流して改札を抜ける。ホームに出て奥のベンチに座るひとりの少女の姿を見て、僕の足は止まった。

「お、唯ちゃん発見！　ちょっと話してくるわ」

快活に言って和也は雨女が座るベンチへ歩いていく。彼女の様子はいつもとちがっていた。やや伸びた髪の毛が風になびいて彼女の顔を隠しているため、はっきりと見えないが瞳に生気がなかった。心なしか顔色もあまりよくない。目の下の隈も酷い。そしてなにより、決定的に普段の彼女とは異なっている部分があった。

——頭上に、『29』の数字が浮かんでいた。

「今日の唯ちゃん、元気なかったなぁ」

学校の最寄り駅で降車し、通学路を歩きながら和也は物憂げな声で嘆く。彼も雨女の変化に気づいたらしい。

「友達か、親と喧嘩でもしたんじゃないの？」

「まあ……いろいろあったみたいだな」

直接彼女から話を聞いたようだが、僕はそれ以上聞かなかった。

通常、死のカウントダウンは『99』から始まる。僕のときもそうだし、隣を歩く和也も例に漏れずそうだった。しかし例外はあり、それまでは寿命が見えなかった人の頭上に、ある日突然中途半端な数字が浮かんでいるということが過去に何度かあった。明梨もそうだったし、僕の父さんもそのひとりだった。

僕が小学五年生で、苦手な算数のテストで高得点を取り、浮かれていた夜のこと。

残業があったらしく、その晩父さんは八時過ぎに帰宅した。僕は先に夕食を済ませ、リビングで母さんとテレビを観ていた。

「ただいま～」

疲れ切った張りのない声に振り返ると、父さんの頭上に『12』の数字が浮かんでいたのだ。僕は声を失い、禍々しく揺れ動く数字を呆然と見上げた。昨日までは、いや、今朝見たときもなにも浮かんでいなかった。こんなことは今までなかったし、なぜこうなってしまったのか見当もつかない。当惑した僕は自室に走り、怖くなって布団を頭から被った。

あとから聞いた話では、その日、十二日後の土曜日に草野球に出かけることが決まったらしかった。会社の人に誘われたようで、チームに急遽欠員が出て父さんに声がかかったのだとか。野球をするのは数十年ぶりだと父さんは張り切り、新品のグローブやバットを購入した。

僕の分のグローブも買ってもらい、休日に公園でキャッチボールをしたりして父さんの練習相手にもなった。

「ナイスキャッチ！　新太、野球の才能あるかもな」

『7』の数字を揺らしながら、白い歯を見せて笑う父さんに返す言葉が見つからなかった。

迎えた土曜日。朝の八時には出かけると聞いていたので僕は七時に起床した。

「ねえお父さん。僕、行きたいところがあるんだけど」

父さんが家を出る直前、なんとか引き止めようと足掻いてみたが無駄だった。

「今日は草野球だって前から言ってるだろ？　来週連れてってやるから、宿題しときなさい」

ここで父さんを行かせてしまったら、もう二度とこの家には帰ってこないのだろう。父さんを救えるのは、このタイミングしかない。しかし幼い僕には、それ以上父さんを引き止めることはできなかった。犬でも猫でもカラスでもいいから、死へと向かう父さんを止めてほしかった。

その後父さんは野球場に向かう途中で事故に遭い、文字どおり帰らぬ人となった。

その日のことを、僕は毎日のように後悔した。どうして止められなかったのか。ほかにやりようはなかったのか。家を出ていく父さんの背中を、今でもはっきりと思い出せる。

そして次に僕が考えたのは、なぜ父さんの頭上の数字はいきなり出現したのだろうか、という当然の疑問だった。通常は『99』から始まるはずなのだ。しかし父さんの頭上に現れた数字は『12』。いくら考えてみても、そのときは真実にたどり着けなかった。

それから二年後に明梨の頭上に突如、『31』の数字が浮かび上がった。

父さんの件と明梨の件を踏まえて僕は頭を捻った。三日三晩考えに考え抜き、導き出した答えはこうだ。

中途半端な数字が突然浮かぶ現象は、急用や突然思い立った自殺など、本人にとってイレギュラーな状況になって運命が変わってしまったことが原因ではないかと僕は考えた。

父さんは本来、草野球のメンバーには入っていなかった。怪我人が出て急遽誘いが入り、野球場に向かう途中で事故に遭った。イレギュラーな誘いがなければ、父さんは死ぬことはなかったのだ。

悲しいことに明梨の場合も同じだ。僕が実行委員になるよう勧めたばかりに、明梨の運命が変わってしまった。おそらく明梨は僕に話さなければ実行委員にはならず、部活に専念していたはずなのだ。本人の意思ではなく、他人の意思の介在により運命が変わり、カウントダウンが始まってしまった。

正しいかどうかはわからない。でも、それ以外には考えられなかった。

雨女の頭上に数字が出現したのも、急用などで運命が変わったか、もしくは彼女の身になにかが起こり、自殺を考えはじめたかのどちらかだろう。駅のホームで見た彼女の表情から察するに、後者だろうと僕は思った。

まさか和也の想い人にまで数字が浮かぶなんて思いもよらなかった。でもそれは彼女の運命なのだから仕方ないよな、という常套句で平静を保った。

その日の授業中も、僕は本を読んでやり過ごした。最近はなにを読んでも頭に入らず、ただ文字を目で追っているだけだが、本を開いているだけで少し心が落ち着くのだった。

放課後、和也は用事があるらしくひと足先に下校したため、僕はひとりで部室へ向かった。文芸部の部室に来られるのは、あと何回だろうか。誰もいない部室の中を歩き、本棚に収納されている本を端から端まで眺めていく。

しかしどうしても読書をする気分になれず、壁に立てかけられている段ボールに手を伸ばした。文化祭の売上金で買った本棚が入っている段ボールだ。黒瀬がネットで買ったらしく、まだ組み立て前の状態で置かれている。

それを開封し、説明書を見ながら組み立てていく。木製の本棚で、つんとするようなヒノキの香りが部室内に充満する。

「あ、組み立ててくれてたんだ。木の香りがすごいね」

段ボールから部品をすべて取り出したところで黒瀬がやってきた。この間のことがあって、少し気まずい。

「あれ、和也くんは？」

「……用事があるんだと」

「ふうん、そっか」

そのあとは無言で本棚を組み立てた。黒瀬は席に座って本を読みはじめる。もちろん、ブックカバー付きだ。

「ちょっとごめん。端っこ押さえててほしいんだけど」

ひとりでは難しい箇所があったため、黒瀬に声をかける。彼女はパタンと本を閉じると、駆け寄ってきた。

「ここ？」

「そう。そのまま平行になるように持ってて」

付属の工具を用いてネジを回し、天板を固定する。黒瀬の出番は終わったが、完成するまで手伝ってくれた。

「できたね。売上金まだまだ残ってるはずだから、今度三人で本を買いにいこうよ」

「……うん、今度ね」

僕が意味深に間を空けて呟いたせいで、微妙な空気が部室に漂う。僕と和也に今度なんてないし、苦労して稼いだ売上金で買った本を僕は読めないのだと思うと、寂しい気持ちになってしまった。

「和也くんの死因ってなんだと思う？」

自分の席に戻った黒瀬は、唐突にそんなことを口にした。

「どうだろ。健康そうだから病死はないと思うし、人に恨まれるやつでもないから他殺もないと思う。和也が自殺なんてするわけないし、消去法で事故死かな。昔からそそっかしいところがあるから」

話しながら、現実味がないなと自分でも思う。数字を目にするまで、野崎和也という男は死とは無縁だと思っていた。明朗快活で生命力に満ち溢れ、どこへ行ってもグループの中心にいる。そんな和也があと二週間ちょっとでこの世界から消えてしまうなんて、未だに信じ難い。それでも頭上に数字が浮かんでいる以上、彼の死は避けられない。

「私もそう思う。いつも歩きスマホしてるし、やっぱり事故かなぁ。次点で殺人かな。この前、通り魔のニュースやってたし」

「ああ、まだ犯人捕まってないんだっけ？　でも隣の県の事件だし、その線も薄そう」

「油断大敵！　街を歩けば隣の人が殺人犯だったりするかもよ」

ふと机に目を向けると、黒瀬はペンを握りしめノートを開いていた。僕は彼女の後ろに回りこみ、中身を覗いてみる。

『和也くん』、『十二月一日』、『死因』、『事故死』、『他殺』、『自殺』などの物騒な文字が並んでいた。丸で囲った和也くんという文字から何本も線が伸びていて、黒瀬なりに和也の死因について推測しているようだった。

「十二月一日って開校記念日だから休みなんだよね。三人でどこか出かける？」

「……いや、僕はやめとく」

「協力はしなくてもいいから、新太くんも一緒にいてよ。いつもそうしてくれてたし、今回も来てくれるよね？」

「行かない」

ややあってから、「どうして？」と浮かない表情で黒瀬は言った。

「和也が目の前で死ぬところなんて、見たくないから」

「私がボディーガードするし、絶対に死なせないよ」

今まで人の命を救えたためしもないくせに、黒瀬は自信ありげに言い切った。その自信はどこから来るのか、毎回疑問に思う。

「そう言いながら店長も沙耶香さんも救えなかったじゃん。だからきっと、和也も救えないと思う」

ぐうの音も出ないようで、黒瀬はしゅんとなって俯いた。少し言いすぎたかもしれないけれど、はっきりと言ってやるべきだと思った。沙耶香さんのときだって僕が止めていなければ危なかったかもしれない。黒瀬の行為は自身を危険にさらしているのだ。間もなく死ぬ人間のそばにいれば、巻き添えになる可能性もある。人の命を救えず、自分の命までも失ってしまっては元も子もない。

「いいよ、私ひとりでも。その代わりもし和也くんを救えたら、新太くんは自分の死を回避してほしい。それに部誌が完売したら死を回避するって賭けも、私が勝ってるんだからね」

「あの賭けは無効だよ。了承してないし。そもそもどうやって回避すればいいんだよ」

黒瀬はノートのページを一枚めくり、僕に見えるように広げる。

『新太くん↓十二月六日↓事故死』

どうやら黒瀬によると、僕は事故死確定らしい。なぜ僕だけ一択なのだと文句を言おうと思ったが、その下にまだ続きがあった。

『死を回避する方法↓学校を休んで部屋から出ない』

思った。

ご丁寧にそんなことまで書かれていた。実にシンプルで、だけど効果的かもしれないと

「私の作戦、完璧じゃない？」

黒瀬は勝ち誇ったように口角を上げて言う。僕はため息をついてそれに答える。

「前に言ったかもしれないけどさ、家が火事になったり、心臓発作とかで死んだりするなら意味ないよね、それ」

「それを言うのはなしじゃん。私の作戦を実行した方が助かる確率は高いと思う」

「そんなに簡単にうまくいかないと思うけど……」

僕は言いながら立ち上がり、鞄を手に取った。

「帰るの？　作戦会議、まだ終わってないよ」

「十二月一日は家で寝てる。六日は学校に行く。はい、会議終わり」

背後で黒瀬が文句を垂れていたけれど、僕はかまわず部室を出た。

人の命を救うことは、もしかすると、それほど難しいことではないのかもしれない。

唐突にそう思った。事故の場合はほんの数秒足止めしてやれば回避できたりするし、自殺の場合は説得したり邪魔したりできる。他殺や病死の場合は難しいが、高校生にとってそのふたつは稀で考えにくい。だから僕と和也の死は、もしかすると簡単に防げるかもしれない。

が、何度も繰り返すが、僕にその選択肢はない。自分の運命を素直に受け入れ、残され

た時間を悔いのないように過ごす。僕だって死ぬのは怖い。でもそれが僕の導き出した答えなのだから、黒瀬になにを言われようとも考えを変える気はなかった。

日付が変わり、頭上の数字が『21』となった。僕は学校を休み、終活に時間を当てることにした。

まずは現実的なことをひとつずつ清算していこうと思った。

午前中はひたすら積読棚にある小説を読んで数を減らしていく。死ぬ直前に、やっぱりあの本を読んでおくべきだった、といった後悔を少しでも減らすために、棚にある本も減らさなくてはならない。

午後はバイトがあるので、僕は自転車に乗ってコンビニへ向かった。

今月いっぱいで辞めることを告げよう。本来であればもう少し早く退職の意思を告げるべきだったんだろうけれど、そこまで考えが及ばなかった。

コンビニに着いてさっそく先輩の田中さんに退職したい旨を伝えると、「私に言わないで、店長が来たら言いなさい」と至極真っ当なことを言われた。

新しい店長は亡くなった店長より厳しく、僕は苦手だった。

無難に仕事を終え、帰り際に店長に辞めることを伝えた。退職する理由も言わなかったのにあっさりと首肯してくれて、拍子抜けする。亡くなった店長だったらきっと引き止めてくれたんだろうな、と軽くへこんで、真っ暗な夜道を自転車で駆け抜けた。

次の日も僕は学校を休んだ。朝から和也や黒瀬から連絡が来ていたが、全部無視した。午前中は小説、午後からは未クリアのゲームをその日の夜中までプレイし、ラスボスを倒してエンドロールを見た。クリアした達成感と、どうしてか虚無感に襲われ、気づけば涙を流していた。

次の日も、そのまた次の日も僕は学校を休み、家でできることをこなした。積読本はあと数冊に減り、観たかった映画もレンタルして立て続けに三本視聴。

あとは机の中の整理。見られたら困るものを処分し、遺書はどうしようか迷って、結局書かないことにした。もし、事故死して遺書が発見された場合、自分から道路に飛び出したなどとあらぬ疑いをかけられたら困る。そうなると一番迷惑をかけてしまうのは母さんだ。だから、遺書は残さない。

そして迎えた土曜日。鏡で見た僕の頭上の数字は『17』となっており、見てしまったことを後悔する。ここ数日は鏡を見ないようにしていたが、今日は不覚にも顔を洗うときに数字が目に入ってしまった。

心が抉られるような気分だった。あんなにたくさんあった数字が、今はわずかしかない。早く卒業したいと思っていた中学時代、いざ卒業式が迫ってくるとなんだか寂寥感に苛まれ、それまでの空費した日々を悔いた。そんな気持ちに似ているなと思ったけれど、そんなものと一緒にされたら堪ったものじゃないよな、などとひとりで思いを巡らせながら服を着替え、家を出た。

最初に向かったのは美容室だ。今朝鏡を見たときに髪が伸びていることに気づいた。死ぬ前に身だしなみも整えておこうと思い、予約なしで入れる店に立ち寄った。

「どんな感じにいたしましょう？」

「……適当でいいです。お任せってやつで」

「かしこまりました」

美容室に来たことを早くも後悔した。当たり前のことだけれど、美容室には鏡がある。それも、目の前にだ。嫌な数字が見えてしまうため、カットが終わるまでの間、目を瞑ってやり過ごすことにした。けれどこの美容師は執拗に話しかけてくるタイプの人で、仕方なく目を開ける。

「お客さん、高校生かい？」

四十代くらいの髭を生やしたカリスマ美容師風の男性だ。鏡越しなので、僕の数字が邪魔して彼の顔ははっきりと見えない。その光景がなんだか可笑しくて、自然と頬が緩んだ。

小一時間、美容師の拷問に近い質問攻めに耐え抜き、料金を支払い美容室をあとにした。

そこから昔よく遊んだ公園に立ち寄ったり、小さい頃お世話になった駄菓子屋で買い物したりと、近場の思い出巡りの旅をした。

ノスタルジックな気分に浸りながら、オレンジ色に染まりはじめた空を写真に収めた。なんとなく、今の僕の気持ちに似た懐かしい色合いの空だった。

久しぶりに充実した一日を過ごせたかもな、とひとり悦に入っていると、携帯が鳴った。

『今から会えない？』

黒瀬からのメッセージだ。今日はまだ行く場所があるので、既読だけつけて携帯をポケットにしまう。

僕がこの日最後に訪れたのは、祖母が入院する病院だ。あと何回見舞いに来られるかわからないので、行けるときには行こうと思った。明日も休みだから来るつもりだし、学校帰りにも何回か来よう。そんなことを考えながらエレベーターに乗った。

四階で降りて祖母の病室まで歩く。その途中にある談話室には、誰もいなかった。ツイッターのメッセージをふと思い出し、中に入る。ここでいつもひとり寂しげに絵を描いている少女も、あとわずかで死んでしまう。あの少女はどんな気持ちで、どんな絵を描いていたのだろう。今となってはもう、知る術はなかった。

窓辺に立ち、すっかり色が変わった遠くの空を眺める。一番星がきらりと輝いた。

数分、談話室に居座ったあと、祖母の病室へ急いだ。そろそろ夕食の時間だ。少しだけ話してその前に帰ろうと思った。

祖母の病室のドアは開け放たれていて、そっと足を踏み入れた。しかし、僕の足はそれ以上進まなかった。体を起こして分厚い本を読む祖母の姿を見て、一瞬時が止まったかのような錯覚に陥る。

祖母の頭上には、『95』という数字が浮かんでいた。祖母は僕に気づかず、慈しむような表情で本のページをめくる。　僕は一歩も動けず、ただ呆然と禍々しく揺れ動く数字から目が離せなかった。

「後ろ、ごめんね」

夕食を運んできた看護師に声をかけられ、入れちがいに僕は後ずさるように病室を出た。誰もいない談話室のベンチに腰掛け、深く項垂れる。いつかはこんな日が来るだろうとわかっていた。医師から告げられた祖母の余命は、とっくに過ぎているのだから。どうせなら僕が死んでからにしてほしかった。どうしてこのタイミングなのだ、どうして見たくもないものが見えてしまうのだ、どうして、どうして……。

項垂れたまま、僕は涙を流した。祖母の命の期限は、あと三ヶ月と少し。その頃には僕はこの世界にはいない。なにも知らないままがよかった。僕が死んだあとも、まだまだ祖母は長生きできる。そう信じて死にたかった。溢れ出る涙を何度も拭うが、止まってはくれない。

「大丈夫？　これ、よかったら使って」

その柔らかい声に顔を上げると、『15』の数字を揺らしながらあの少女が僕に水色のハンカチを差し出していた。スケッチブックを小脇に抱え、顔色の悪い彼女は心配そうに僕を見つめる。

「大丈夫です。気にしないでください」

僕はハンカチを受け取らず、顔を背ける。彼女は僕の隣に座った。花の香りがした。

「どうして泣いてたの?」

彼女はなんの躊躇いもなく、幼子に問いかけるような優しい声色で聞いてきた。

「べつに」と僕は彼女を一瞥もせずに答える。今はひとりにしてほしかった。

「ふうん、そっか」

彼女はそう言って、スケッチブックの白紙のページを開いた。色鉛筆のケースを開け、中から黒を取り出して軽快なタッチで絵を描きはじめる。

「……あのさ、絵を描くならそっちで描いたら? テーブル使った方がいいんじゃないの」

「今日はここでいい。邪魔なら場所変えるけど」

「いや、べつに」

彼女は絵を描き、僕は項垂れる。しんと静まり返った談話室に、小気味いい鉛筆の音だけが響く。

数分そうしていたあと姿勢を戻し、スケッチブックをちらりと覗くと想像していた以上に彼女の絵は上手で、身を乗り出して見入ってしまった。

「それ、なんていう花?」

思わずそう聞いていた。まだ色は塗っていないけれど、三本の花が描かれている。彼女は手を止めずに答える。

「ガーベラっていうんだけど、知らない?」

「聞いたことはあるけど」

「わたしの一番好きな花なの」

彼女はにこりと笑って絵を描き進めていく。もうすぐ死ぬ運命だというのに、呑気に絵を描いている場合なのかと疑問に思った。

「なんで絵なんか描いてんの？　そんなことに時間を使うなんてもったいないと思う」

君はあと二週間ちょっとで死んじゃうのに、とは口が裂けても言えない。

「絵を描くことは、わたしにとって生きることと同じことだから」

「ん？　どういうこと？」

今の僕にとって、彼女のその言葉は聞き捨てならなかった。

「人の一生ってさ、絵を描くことにちょっと似てると思わない？」

「……どこが？」

聞き返すと、彼女は手を止めて僕に顔を向けた。

「人はみんな、真っ白な紙に人生っていうタイトルの絵を、一生かけてコツコツ描いていくの。最初は黒鉛筆しかないんだけど、いろんな人と出会って、自分にはない色をもらう。わたしは大切な人に出会えたことで、モノクロだった世界が色づいた」

大切な人とやらを思い浮かべているのだろうか、彼女は頬を染めて微笑んだ。そして色鉛筆のケースから赤と黄色とオレンジを手に取った。僕はその三本の色鉛筆をじっと見つめる。やがて彼女は、赤を使ってガーベラの花に色をつけていく。

「そうやってたくさんの人に出会って、絵に色をつけて完成させるの。嬉しいことや辛いこと、生きてたらたくさんあるけど、絵を完成させるのにどれも必要なことだと思う。わたしの絵は未完成だから、まだまだ死ねないんだ」

彼女は言いながら、今度はオレンジを手に取り白黒の花に色彩を加える。軽快で繊細な手の動きは見ていて飽きなかった。

「でもさ、絵は失敗したら描き直せるけど、人生は失敗したらやり直せないよね。絵と人生は、やっぱりちがうと思う」

捻くれ者の僕は、言葉尻を捕らえて意見する。彼女は愛らしい笑みを僕に向け、首を横に振った。

「そんなことないよ。何回失敗しても、いくらでもやり直せると思う。絵は失敗を繰り返して上達するから、人生も同じなんだと思うな」

そうかな、と僕はぶっきらぼうに返事をして立ち上がる。彼女の言葉は真っ直ぐで混じり気がなく、今の僕にはそれが苦痛だった。

「お絵描きの邪魔をしてごめん。僕はもう帰るから、気の済むまで描くといい」

「お絵描きって、なんか子ども扱いしてない？　たぶん、わたしの方がお姉さんだと思うけど」

優しく包みこむような笑顔で彼女は言う。いつの間にか絵は完成していて、赤、黄色、オレンジの花が真っ白な紙に彩りを添えていた。

しばらく彼女の絵を眺めたあと、僕は会釈してその場を離れた。

泣いていた僕を心配して声をかけてくれたのに、冷たくあしらってしまった。もしまた会えたら、彼女に謝ろう。そう考えながら、暮れていく晩秋の空の下、僕は俯きがちにとぼとぼ歩いた。


翌日の日曜日は朝早くに起きたが、二度寝三度寝四度寝を繰り返し、携帯が立て続けに鳴ってやっと惰眠から目覚めた。

僕に連絡を寄越してくるやつは限られている。案の定、届いたのは和也と黒瀬からのメッセージだ。

明日は学校に来いよ。きっとそんなメッセージにちがいない。開くのも面倒で、携帯をマナーモードにして枕の下にそっと入れた。

時刻は正午過ぎ。再び眠っていたらしい。昨夜は祖母の命の期限が見えてしまったせいであまり眠れなかった。

リビングに下りると、テーブルの上にオムライスがあった。母さんは出かけたのか姿がない。オムライスを温め直し、ラップを外して貪った。母さんのつくるオムライスを食べるのは、これで最後かもしれない。そう考えると涙で視界が歪んだ。溢れそうな涙を零すまいと必死に堪え、深く味わってケチャップライスを口に運んだ。

そのあとは自室にこもって小説を読み漁った。大量にあった積読本も残り二冊。普段なら慌てて買い足しているところだが、今の僕には必要ない。もし読み切れなかったら棺桶に入れてもらおう。

そんな馬鹿なことを考えていたとき、インターホンが鳴った。出るのが億劫で本を読み続けていたら、二回、三回と鳴り、舌打ちして玄関へ向かう。

「出るの遅い！　もしかして、寝てた？」

玄関のドアを開けると、そこに立っていたのは漆黒のコートに身を包んだ黒瀬だった。

「なんで僕の家知ってんの？　教えた記憶ないけど」

「和也くんに教えてもらった。さっき連絡したんだけど、スマホ見てないの？」

「……あ、見てなかった」

寒そうに肩をすぼめる黒瀬を仕方なく家に上げ、僕の部屋に案内する。

「ふうん、案外普通の部屋だね」

黒瀬は黒のコートを脱いだあと、部屋中を見回してがっかりしたように言った。彼女はコートの下も黒い服を着ていた。

「どんな部屋を期待してたんだよ」

「萌え系アニメのフィギュアを飾ってたり、変な雑誌があったりとか」

「ないよ、そんなもん」

「あ、この本読んだことある」

黒瀬は本棚にある一冊を手に取ってパラパラページをめくる。彼女が自己啓発本以外も読んでいたとは驚きだ。

なにか飲み物を持ってこようと部屋を出る。冷蔵庫にオレンジジュースとコーラがあったので、その二本を手に取った。

再び部屋に戻ると、黒瀬は僕のベッドに腰を下ろし、本を読んでいた。僕は勉強机の椅子に座り、横目で黒瀬をちらりと見る。無防備な姿に、鼓動が加速する。

異性を自分の部屋に上げるのは、明梨以外では初めてだ。なんだか落ち着かなくて、僕は手に持っていたオレンジジュースの缶の成分表示をひたすら眺めた。

「あ、オレンジジュース飲みたい」

「ああ、どうぞ」

缶を黒瀬に投げ渡すと、彼女はそれを両手でキャッチする。蓋を開けてコクコク飲んだあと、「おいしい」と吐息とともに漏らした。

黒瀬はもうひと口ジュースを飲むと、声音を変えて話しはじめた。

「私さ、思うんだけど」

「なに？」

彼女が急に真剣な表情になったので、僕は姿勢を正した。

「前にも話したけど、どうして私には人の死が見えるんだろう、って。新太くんはどうしてだと思う？」

僕は数秒考えて、「知らない」とにべもなく言う。またその話か。質問の意図がわからなかった。

「やっぱりこれにはちゃんとした意味があるんだと思う。意味がないのに人の死がわかるなんて、それこそ意味わかんないよね」

黒瀬の言うこともわからなくはない。なぜ僕には人の死期が見えるのか、見えたらどうすればいいのか、未だに答えは見つかっていない。けれど僕は、今まで人の死に介入せず、静観を貫いてきた。父さんや明梨を救おうと奔走した過去はあるけれど、それ以降はなにもしてこなかった。

黒瀬がこれからなにを言おうとしているのか、なんとなくわかった。彼女になにを言われようとも、僕は自分の意見を変えるつもりはないけれど。

「じゃあ、なんだって言うんだよ」

「大切な人の命を守るためなんじゃないかな、きっと」

黒瀬らしい答えだと思った。理想ばかりで現実を見ていない彼女の考えに、苛立ちが募る。

「見えた人全員を救うのは難しいかもしれないけど、自分の周りにいる大切な人の命を守りたいって思うのって、そんなに悪いことかな」

悪いことではないと思うが、いいことでもない気がする。たとえば僕が人の命を救ったとして、その人物が将来事故や殺人などを犯した場合、間接的に僕が殺したことにならないだろうか。そこで死ぬはずだった人間を生かしたことで、ほかの誰かが死んでしまう、とか考えすぎかもしれないけれど、そういうこともあるはずだ。

「僕には、よくわからない」

「新太くんは昔さ、幼い子どもの命を偶然救ったことがあるんでしょ？」

「……あるけど」

「助けたこと、後悔してる？」

黒瀬の言葉を受けて考える。たしかに僕を待っていたのは称賛でも謝辞でもなく、殴打や痛罵《つうば》だった。けれど僕は、少年を助けなきゃよかったと思ったことは一度もない。あのままなにもせずに僕の目の前で少年がトラックに轢かれて死ぬよりは、何十倍もましだと思った。その後少年がどうなったのかは知らないが。

「和也くんよりも、もっと身近な人の死が見えたら、新太くんはどうするの？　恋人とか、お母さんとか。それでも見殺しにしちゃうの？」

悲痛な面持ちの黒瀬に、返す言葉が見つからなかった。もし母さんの頭上に数字が見えてしまったら、僕はどうするだろう。見殺しにはできないかもしれないけれど、救える自信もない。父さんや明梨のときと同じように、結局なにもできずに絶望する未来が容易に想像できた。

「和也くんが死んじゃったらさ、新太くん、後悔するんじゃないかな。やっぱり助けたらよかったって、そう思うんじゃないかな」

「もう帰ってくれ」

黒瀬の言葉を遮るように僕は言い放った。

「新太くんの気持ちもわからなくはないけどさ……」

「帰れって！」

黒瀬のコートを掴み、強引に持たせる。彼女はなにか言いたげに口を開きかけたが、不満そうな顔をして部屋を出ていった。

手にしていたコーラの缶を開け、一気に飲み干した。空き缶を机の上に放り投げ、枕を掴んで床に叩きつける。それでも溜飲が下がらず、部屋の壁を殴った。

自分でも今の感情をうまく説明できない。なにに対して僕は憤慨しているのか、自分のことなのに理解できずにいる。

ベッドに背中から勢いよく倒れこむように寝転んだタイミングで、携帯が鳴った。

『明日は学校に来てね』

黒瀬からのメッセージだ。僕は返事を打たずに布団に包まった。


頭上の数字が『15』になった月曜日。僕は昼前に制服に着替えて家を出た。今日は学校へ行こうと思った。黒瀬に言われたからではなく、目的があったのだ。

学校に着いたのはちょうど昼休みで、僕が教室に入ると生徒たちはギョッとした顔になった。

「おい望月、お前大丈夫か？　顔、死んでるぞ」

隣の席に座る男子生徒が、僕の顔を覗きこんでそう言った。

「うん、大丈夫だけど」

「そ、そっか。それならいいんだけど」

彼はそう言うと、席を離れて教室を出ていった。ほかの生徒も僕とは目を合わせないよう、わかりやすくそっぽを向く。そんなに酷い顔をしているのだろうか。今朝は鏡を見ていないのでわからない。

放課後、僕は教室を出て文芸部の部室に向かった。

部室に入るとすぐに和也がやってきた。彼は席に座るとノートパソコンを開き、キーボードを叩きはじめる。

「新太さ、最近大丈夫か？　ずっと休んでるし、返信もないし。やっと来たかと思えば顔色悪いしさ。なんかあったのか？」

和也は手を止めて真剣な眼差しを僕に向ける。彼が疑問を抱くのも無理はない。けれど、あと十五日の命だから仕方がないだろうとは言えず、「ちょっと風邪引いちゃって」とごまかした。

和也は得心がいかないようで、「そっか」と無表情で画面を見つめる。

「そういえば小説、まだ推敲中なんだっけ」

「ああ、それなら昨日書き終わったよ。次はなにを書こうか悩んでるとこ」

『10』の数字を浮かべたまま和也は悩ましげに言う。今から長編小説を書きはじめても、きっと完結できないだろう。

「お疲れ。長編は書けないって言ってたけど、すごいじゃん」

「人間その気になりゃたいていのことはできるんだよ。たぶん、新太にも書けるよ」

「その気になれば……か」

意味深に呟いたあと、話題を変える。

「次の小説がまだ決まってないならさ、頼みがあるんだけど」

「ん？　なに？」

和也はパソコンの画面から視線を僕に向ける。ひと呼吸置いてから、口を開く。

「人の命の期限が見える主人公の話を書いてほしいんだ。主人公は自分の寿命と、親友の寿命が見えてしまった。大切な人を救えなかった過去があって、自分の死も親友の死も運命に逆らわず受け入れるべきだと思っている。その主人公はどう行動するのか。そんな話を書いてほしい」

和也はぽかんとした表情で僕の話を聞いていた。ここ数日間ずっと、和也だったらどうするのだろうと考えていた。僕と和也の立場が逆だとしたら、彼はどう行動するのか。答えを小説に書いてほしかった。それを依頼するために、今日は来たくもない学校へ足を運んだのだ。

「そのネタ、面白そうだから新太が書いてみれば？　逆に俺が読みたいよ、その話」

「いや、僕には小説を書くなんて無理だよ。どうしても和也に書いてほしいんだ」

和也はしばらく押し黙ったあと、「はいはい、わかったわかった」と首肯した。

「ありがとう。できれば長編じゃなくて、短いやつでお願い」

「ん、わかった」

そう言うと和也はじっと考えこんだあと、リズミカルにキーボードを叩く。その音をBGMに、僕は持参した文庫本を読みはじめる。

数分後に部室のドアが開いた。言うまでもなくやってきたのは黒瀬で、彼女が席に座ると僕は腰を浮かす。

「今日バイトだから、そろそろ帰る」

「おう」

黒瀬とは目を合わせずに部室を出た。

バイトを入れていない日だったけれど、用件は済んだし黒瀬と顔を合わせるのが気まずかった。


週末を迎え、ついに頭上の数字が一桁になってしまった。この一週間はなにをするにも無気力で、一日一日を上の空で過ごした。

久しぶりにまともに見た、鏡に映る自分の姿に絶句する。頬は痩せこけ、目の下には隈ができ、まるで別人だ。最近はあまり食欲がなく、ついに母さんに病院へ連れていかれそうになって仕方なく昨日の夜は残さず夕食を平らげた。

母さんはきっと、僕がクラスでいじめを受けて不登校になったと思っているだろう。僕は学校を休んでいる理由を話していないし、母さんも聞いてこない。おそらく僕に気を遣っているのだ。話したくないことは、自分から打ち明けるまで待つ。母さんは昔からそのスタンスだ。その気持ちは嬉しかったし、何度も助けられていて、母さんには感謝しかない。でも、ありがとうよりも、母さんにはごめんなさいと伝えたい。こんなに早く死んでしまう息子を、許してくださいと。

和也から遊びの誘いのメッセージが届いていたけれど、返信せずまたすぐに布団に潜りこんだ。僕と同じく数字が一桁になってしまった和也の姿を目にするのも辛い。もうすぐ会えなくなるのだから、会って言葉を交わすべきなのだろうけど、体が重たくて起き上がれない。辛すぎてまともに会話をすることもできないかもしれない。

明梨の死後、もしも親しい人の寿命が見えたとしたら、その人との最後の時間を大切に過ごし、死を見届けると決めた。しかし、そんなことは到底できそうにない。和也の前では平静を装っているけれど、どう接すればいいのか、どんな顔で笑えばいいのか、なにを話せばいいのか、正解がまるでわからない。和也の数字が減るたびに焦りと恐怖だけが日に日に増していき、精神《こころ》が蝕まれつつあった。

——最後の時間を大切に過ごし、死を見届ける。

過去の自分の愚かな考えに虫唾が走る。悔しくて涙が溢れ、流れたそれは枕の上にぼろぼろと零れ落ちた。

泣き疲れて眠っていたようで、気づけば午後になっていた。今日はバイトの最終日で、まだ時間に余裕はあったけれど早めに家を出た。

片道三十分の通勤路は、考え事をするのにちょうどいい。むしろもう少し遠くたっていい。今の僕には考える時間がいくらあっても足りないのだ。

遠回りをしたせいで、タイムカードを切ったのは出勤時間ギリギリで、急いで制服に着替えて店内に出る。

これが人生最後のアルバイトということになるのだけれど、いつもより張り切ったり、元気よく接客したり、そんな気力はなかった。いつものように怒られない程度に手を抜いて、黙々と作業を進める。

一時間ほど過ぎたところで、コンビニの外を歩いている黒瀬の姿を店内から偶然発見した。彼女の方も僕がいないかたしかめていたのか、目が合うと入店してきた。

「もう学校には来ないの？」

作業を再開しお菓子類の補充をしていると、黒瀬に聞かれ、手を止めずに答える。

「どうだろ。行っても意味ないし」

「ずっと家にいるだけなら来なよ。和也くんも心配してたよ」

「僕より和也のことを気にかけてやって。和也はあと四日しかないんだから」

客が並びはじめたのでレジへ向かう。慣れた手つきでレジ打ちを終えると、黒瀬がチョコ菓子をふたつ持って目の前に立っていた。

僕は無言でバーコードを読み取る。代金を伝えることもせず、黒瀬が差し出してきた小銭を受け取った。

「和也くんに聞いたよ。小説、書いてもらってるんだってね」

「……まあ」

「和也くんの書いた主人公が親友を助けたら、新太くんもそうするの？」

「……お客さん待ってるから」

黒瀬の後ろに中学生くらいの少年がふたり待っていた。

「あ、ほんとだ。明日は学校来なよ。これ、あげる」

黒瀬はたった今購入したチョコ菓子を僕にくれた。彼女は並んでいた少年ふたりに、ごめんねと声をかけてコンビニを出ていった。

その後も僕は淡々と作業した。商品の品出しをしたりモップがけをしたり、レジの応援に走ったりと、ミスをすることなく無難にこなしているうちに時間となる。

「望月くん、短い間だったけどお疲れ様」

タイムカードを切ってそそくさと帰ろうとしていたら、田中さんが缶コーヒーを僕にくれた。ありがとうございます、と丁寧に頭を下げてコンビニを出る。

駐輪場に停めていた自転車に跨り、見納めに約二ヶ月間働いたコンビニを振り返る。もうここへ来ることはないのだと思うと、わずかに名残惜しい気持ちになった。

この道を通るのは最後かもしれない、この料理を食べるのは最後かもしれない、あの人と会うのはこれで最後かもしれない。そんな最後かもしれない出来事を、ここ数日で強く意識する。

当たり前に通っていた道、当たり前に食べていた料理、当たり前に会っていた友達、そのすべては当たり前ではなかったことに今になって気づかされた。

僕は今まで、そのありふれた日常の一ページを大切に生きてこなかった。終わりの日が見えてから気づくなんて遅すぎるし、けれどそれはとても僕らしい。

すべてが終わってから後悔して、自分に嫌気がさす。僕はそういう人間だった。そうやって十六年間生きてきた。きっと頭上の数字が見えていなかったら、大事なことに気づかずに死んでいた。そう考えると、寿命が見えてよかったのかもなと、ふと思った。

ひと際冷たい風が吹いてきて肩をすぼめる。

コンビニに一礼してからペダルを漕ぎ、静まり返った夜道を走った。

頭上の数字が『8』になった。起床したのは正午だが、だからといって決してぐうたらしていたわけではない。

数字が二週間を切ったあたりから、夜眠れなくなったのだ。あれこれ考えているうちに朝を迎え、二、三時間眠って昼頃に目が覚める。眠りは浅く、ちっとも寝た気がしない上に頭痛や耳鳴りが日に日に悪化していくばかりで、鬱々とした気分で一日が始まる。これをあと何度か繰り返して、僕は死ぬのだ。

感傷に浸りながらカーテンを開け、室内に陽光を取りこむ。暗い部屋にいると気持ちまで沈んでしまうから、太陽の光を浴びてリセットする。

朝食兼昼食を軽くとって身支度を整え、外に出た。どこへ向かうでもなく、気分転換に散歩をしようと思った。

近所の公園に差しかかったとき、ランドセルを背負った少年がブランコに座っているのが見えた。野球帽を目深に被り、下を向いてブランコを揺らしている。久しぶりに見た彼の頭上の数字は『20』。例の鞄持ちの少年だ。

僕が言うのもなんだが、平日のこの時間に公園にいるということは、彼もなんらかの理由——おそらくいじめで学校へ行きたくないのだろう。もしかしたら少年は、朝からずっとここにいたのかもしれない。友達や先生、親にも相談できずに苦しんでいるのだろうか。

仮にそうだとしても、僕にできることはなにもない。それが彼の運命なのだ。僕が介入するべきではないし、そもそも彼が死ぬとき、僕はこの世にいない。少年のことは前から気にかけてはいたけれど、僕が彼にしてやれることはなにもない。だから見殺しにするわけではないのだ、と自分に言い聞かせる。

沙耶香さんが中学の頃に出会った教師が少年のそばにいたならば、きっと彼も救われたんだろうな、などと考えながら公園を素通りする。

そこから十分ほど歩いたところで背後から懐かしい声がした。

「あれぇ、もしかして新太くん?」

振り返ると自転車に乗った中年の女性が目を見開いていた。

「やっぱりそうだ！　ちょっと痩せたんじゃない？」

「お久しぶりです。痩せた……かもしれないです」

僕の初恋の少女、夏川明梨の母親だ。近所に住んではいるが、顔を合わせるのは明梨の葬儀以来だ。何度か道端で見かけたことはあったが、明梨を死なせてしまった後ろめたさから、彼女の視界に入らないように逃げていた。

「ほんと久しぶりねぇ。今日は学校お休みなの？」

「えっと、午前授業だったので」

怪しまれないように適当にごまかしておく。

「そうだったの。昨日ね、実家からおいしい柿をたくさんもらったんだけど、よかったらうちで食べてかない？　明梨に線香も上げてほしいんだけど、どう？」

明梨の葬儀のあと、僕は彼女の墓参りにすら行っていなかった。きっと明梨は僕を恨んでいる。明梨は僕が殺したも同然で、今も彼女に線香を上げていいものか躊躇ってしまう。

「明梨もきっと喜ぶと思うわ。寒いからいらっしゃい」

半ば強引に押し切られ、明梨の家にお邪魔することになった。

明梨の自宅に足を踏み入れたのは約三年ぶりで、ローズの香りが漂う玄関はあの頃のままだ。リビングに通され、少しくたびれたソファに腰掛ける。

新しいソファがうちに来た、と小学生の頃に明梨がはしゃいでいたのをふと思い出した。

すぐに自宅に招かれて、ふたりでソファに飛び乗った記憶がある。それから六十五インチのテレビもそうだ。でっかいテレビがうちに来た、と明梨が騒いでいたっけ。この家に来ると記憶が次々と蘇ってくる。

「遠慮なく食べてね」

明梨の母親が切り分けた柿とお茶をお盆に載せて持ってきてくれた。柿を爪楊枝で刺して口に入れる。甘くて柔らかくて、これも懐かしい味だった。

「新太くん、もう高校生だもんねぇ。明梨も生きてたら、新太くんと同じ高校に通ってたのかなぁ」

リビングの隣にある和室に目を向けながら、明梨の母親はしんみりと言った。そこには仏壇と明梨の遺影がある。

「明梨は僕より成績がよかったですから、きっともっといい高校に進学してたと思います」

「それでも明梨は、新太くんと同じ高校に行きたいって言ってたと思う。たぶんね」

彼女は空いた皿を流しに持っていく。僕は熱いお茶をひと口飲んでから、和室に足を踏み入れた。

仏壇の前で正座をして、明梨の遺影に目を向ける。中学の入学式で撮られたものだ。校門の前で照れくさそうに笑う明梨は初々しく、眩しかった。この写真を撮ったのは明梨の父親で、僕もそばで見ていた。まさかこのときの写真が遺影になるなんて、露ほども思わなかった。

線香に火を点け、リンを鳴らして手を合わせる。目を瞑るとまぶたの裏には、明梨の笑顔が浮かんだ。

死んだら、明梨に会えるだろうか。どんな顔をして明梨に会えばいいだろう。明梨は、僕を許してくれるだろうか。

線香の香りに包まれながら、そんなことを思った。

「あの……。明梨の部屋、見せてもらってもいいですか？」

和室を出て、食器を洗っている明梨の母親に訊ねてみた。彼女は破顔して、「もちろん」と言ってくれた。

案内されなくても明梨の部屋がどこにあるか、僕は知っている。何度も訪れた、二階の一番奥の部屋。ドアを開けると、見慣れたピンクの部屋が迎えてくれた。

「この部屋も変わってないんですね」

「やっぱり、どれもこれも捨てられなくてね」

淡いピンクの壁にカーテン、ベッドにラグマット。どこを見てもピンクばっかりで、以前は落ち着かなかったけれど、今はどうしてか居心地がいい。僕は室内を見回し、明梨と過ごした日々を追想する。

この部屋でゲームをしたり宿題をしたり、時には喧嘩をしたこともあった。狭い部屋だというのにかくれんぼをして、すぐに見つかったことなんか今思い出しても笑える。死ぬ前にもう一度この部屋に来られてよかったと、心の底から思った。

「新太くん、ありがとね。またいつでもいらっしゃい」

帰り際、明梨の母親は柿を三つ、袋に入れて手渡してくれた。

ありがとうございます、と僕は頭を下げて辞去した。

「あ、そういえば」

その声に、僕は足を止めて振り返る。

「なにかありましたか？」

「ずっと新太くんに聞きたいことがあったのよ。事故があった日ね、明梨、搬送先の病院ではまだ息があったの。あの子、新ちゃんごめんねって、何度もそう言ってたんだけど、新太くん、明梨と喧嘩でもしてたの？」

その話を聞いた直後、全身に電流が走ったような感覚に陥った。

僕を恨んでいるはずの明梨が、どうしてごめんねなどと口にしたのか。瀕死の状態で、なぜ僕のことを。

もしかすると明梨は、生死の狭間で僕の言葉を思い出していたのかもしれない。

――明日、遠足に行ったら死ぬかもしれない。

それは遠足の前日、僕が明梨に言い放った言葉だ。死が迫っていることを本人に告げたのは、そのときが初めてだった。明梨はそれを思い出し、ごめんねなどと口にしたのだろうか。もしそうだとしたら、それはとんでもない誤解だ。明梨が謝る必要なんてないし、むしろ僕を責めるべきなのだ。

明梨を死なせてしまったのはちゃんと説得できなかった僕のせいであり、明梨が僕の忠告を無視したからでは断じてない。僕が明梨に実行委員になるよう勧めたばかりに、彼女は命を落としてしまった。もしかしたら明梨の死は、防げたかもしれないのに。

僕と出会っていなければ、明梨は今頃、華々しい高校生活を送っているはずだった。僕のたったひと言で、すべては失われてしまった。

もはや明梨に謝る術がないのだと思うと、どうしようもない絶望感に襲われた。その場に膝をつき、僕は泣き崩れた。

「変なこと言ってごめんね、新太くん。大丈夫？」

狼狽する明梨の母親にかまわず、僕は子どものように泣いた。生死の狭間で、僕のことを気にかけ、なにも知らずに力尽きた明梨を思うと胸が潰れるほど苦しかった。

僕が死んだら、天国にいる明梨に真っ先に謝りにいこう。許してもらえるかわからないけれど、悪いのは僕なんだと伝えたい。

涙を流したまま僕は立ち上がり、明梨の母親に会釈してから踵を返して歩き出す。

辺りは早くも薄暗くなっていた。

自宅はすぐそこだが、泣きながらひたすら遠回りし続け、僕が帰宅したのは夜の帳が下りた頃だった。

人を救う物語

『小説ができたから、今日は学校に来いよ』

十一月最終日の早朝、和也からそんなメッセージが届いた。明日死んでしまう彼を思うと、すぐに返信を打てなかった。了解、だけじゃ寂しいし、長文を打って送るのもちがう気がする。

『明日死ぬかもしれないから、事故には十分気をつけて』

ふと黒瀬のアドバイスが頭によぎってそう入力してみたものの、我に返り消去した。信じてもらえるはずがないし、とうとうどうかしてしまったと思われてもおかしくはない。

『わかった、ありがとう』とだけ打って返信し、洗面所へ向かう。

鏡に映る僕の数字は『6』となっており、今年一番かもしれない深いため息をついたあと、こめかみに手を当てる。睡眠不足による頭痛なのか、はたまた死の前兆なのか。ここ最近は体調が優れず、病死の線も疑っている。

一度部屋に戻って服を着替え、頭痛薬を飲んでから家を出た。

空には灰色の雲が広がっていて、今の僕の心と同様どんよりとしている。雨が降り出しそうで、自転車で行くかバスで行くか迷い、結局駅まで自転車で向かうことにした。

駅へ向かう道で鞄持ちの少年の姿を捜したが、見当たらなかった。彼は今日も公園でサボっているのだろうか。いつ雨が降ってもおかしくないというのに。

少年の心配はすぐさま消え去り、駅の駐輪場で和也と合流する。

「何日ぶりの登校だよ、新太。留年しても知らないぞ」

頭上で『1』を揺らしながら和也はケタケタ笑う。わかってはいてもその数字が目に入ると、胸が張り裂けそうなほど苦しかった。

「これ、持ってきた」

和也は鞄から封筒を取り出して僕にくれた。頼んでいた小説を印刷して持ってきてくれたらしい。要望したとおり枚数は少なかった。和也はどんな結末を書いたのだろう。放課後になったら部室で読んで、すぐに感想を伝えようと思った。

「例の小説か、ありがとう。そっちの分厚い封筒はなに？」

和也の鞄の中に、もうひとつ封筒があるのが見えた。僕がもらった封筒よりも、枚数がずいぶん多い。

「ああ、これか。これはべつに、なんでもないよ」

和也は封筒を隠すように鞄に押しこむ。新人賞の応募原稿だろうか。それ以上追及されたくないのか、彼はそそくさと駅舎の中へ入っていった。

「お、いたいた」

ホームに出ると雨女がぽつんとひとり、ベンチに座っていた。まだ降っていないが雨を心配して電車で登校することにしたのだろう。彼女の頭上の数字は『13』になっていた。

僕はさりげなく離れたベンチに腰掛けた。明日の天気が晴れだとしたら、和也が彼女と会えるのは今日が最後かもしれない。

「じゃあね、唯ちゃん！」

最寄り駅に到着すると、降車する前に和也は雨女に忙しなく手を振る。雨女も微笑んで手を振り返した。

「新太も好きな人くらい、つくったらいいじゃん。てか、黒瀬ちゃんと付き合えばいいのに」

改札口を抜けると、和也はにやけながら僕の脇腹を小突いた。僕は鼻で笑ってから「黒瀬はただの友達だから」と返す。もうじき死ぬ人間が恋をしてどうなる。時間の無駄だし、心残りを増やすだけだ。寿命が見えた日から僕は、恋をすることも諦めていた。

「ふたりお似合いだけどなぁ」

返答に困って早足で駅舎を出る。外はいつの間にか雨が降りはじめていた。

少し歩いたところで思い出した。明日は開校記念日だ。学校は休み、つまり、今日で和也との登校は最後ということになる。そう思うと胸がざわつきはじめ、深い寂寞《せきばく》に襲われた。これがあと何百日も続くならうんざりするのに、最後だとわかってしまうと途端に寂しくなる。

和也とは約十年の付き合いになる。当たり前にそばにいた親友が、突如としてこの世界からいなくなってしまう。どうして和也なんだろう、と今になって思う。死ぬのは僕ひとりだけでいいのに、なぜ和也まで……。そう考えていると涙が薄らと滲んできた。

隣を歩きながら来週の期末試験の心配をしている和也を見ていると、胸がずしりと重くなる。涙を堪えながら相槌を打ち、学校へと続く道を和也と歩いた。

「あのさ」

前方の信号が赤に変わって立ち止まり、和也は僕を振り返る。

「唯ちゃんのことが好きならさ、今すぐ伝えたらどうだろう」

「へ？　どうした急に」

僕の唐突な提案に、和也は面食らった顔をして聞き返してくる。

「いや、ほら、唯ちゃんってモテそうだし、いつ彼氏ができてもおかしくないと思う。それにさ、この先異常気象でずっと雨が降らないこともあるかも」

好きな人に想いを伝えずに死んでしまったら、きっと和也は後悔する。そうなってほしくないから、僕は無理矢理すぎる理由をつけて説得を試みた。

「いや砂漠じゃないんだからまたすぐ降るって。彼氏ができたら嫌だけど、まあそのときはそのときだ」

「いやいやいや、言えるときに言った方が絶対いいって。人はいつ死ぬかわからないんだから」

にやけていた和也の表情が、一瞬揺らいだ気がした。

「馬鹿言うなって。まだ死なねえから大丈夫！」

そう言って和也は朗らかに笑う。信号が青に変わり、彼は僕の先を歩いていった。説得は響かなかったかとしょんぼり俯いて、自分の情けなさに嘆息しながら横断歩道を渡った。

久しぶりの登校にもかかわらず、僕はクラスメイトたちと言葉を交わすことなく、自分の席に着くと鞄から文庫本を取り出して開く。明日死ぬことを知らない和也は、友達と屈託なく笑い合っていた。

　授業中に二冊の文庫本を読み切り、気づけば放課後になっていた。僕は速やかに帰り支度を済ませ、騒がしい教室をあとにする。

　長い距離を歩いて文芸部の部室へ向かうと、すでに和也がいた。彼は自分の席に座り、ノートパソコンを開いている。

「また小説書いてるの？」

「いや、ゲームやってる」

　和也の背後に回ると、彼はトランプのゲームをしていた。

「そういえば明日さ、黒瀬ちゃんと映画を観にいったあと部誌の売り上げ金で部室に置く本を買いにいくんだけど、新太も来るしょ？」

　僕が自分の席に着くと、和也はパソコンの画面から目を離さずに言った。どうやら黒瀬のやつは、すでに和也救出作戦の段取りを組んでいるらしい。

「いや、明日は用事があるから、ふたりで楽しんできて」

「まじか。わかった」

　会話が途切れたので、僕は鞄の中から封筒を取り出す。

「じゃあ、読むから」

　一応和也に断りを入れてから読みはじめる。彼は照れくさそうに「おう」とだけ応えて、机に置いていたコーラをひと口飲んだ。

和也が書いた短編小説を、僕は一枚一枚めくって読んでいく。主人公は僕と同じで、人の命の期限が見える力を持っている。そして自分の寿命と親友の寿命が見えてしまったという、まさに今、起こっている悲劇の話。

――主人公は昔、大切な人を救えなかった。それ以来人の生死に関与するのは避けていた。運命に抗わず、素直に受け入れるのが正義だと思った。

親友の死が近づくにつれて、主人公は葛藤する。

本当に彼を見殺しにしていいのか。このままでは大切な人を失ったときのように、後悔してしまうのではないか。

主人公の少年はまさに僕と同じスタンスで、同じ窮地に陥っていた。和也を救わないつもりでいても、心の奥底では本当にそれでいいのか、と訴えかけるもうひとりの僕がいる。今日までそいつが表に出てこないように必死に気持ちを抑えていたが、和也の書いた小説を読んでいると、堪えていた感情が爆発してしまいそうになる。

親友の死の当日、主人公は悩みに悩み抜いた末、自宅を飛び出した。親友に何度も電話をかけるが繋がらない。主人公は自転車に乗って親友を捜し回る。諦めかけていたそのとき、前方に親友の姿を発見した。

主人公は大声で親友の名を叫ぶ。親友は橋の上から川へ身を投げようとしていて、間一髪、自殺を防いだ。親友はいじめを苦に自殺するつもりだった。しかし主人公の三時間にも及ぶ熱い説得を受けた直後、彼の頭上の数字は消え、寿命は延長された。

主人公の起こした行動によって、親友の命は救われた。

その数日後、主人公は自分の死も回避しようとしたが事故に遭う。車に轢かれそうになった瞬間、誰かに突き飛ばされ命拾いした。主人公を突き飛ばした人物は、まさかの親友だった。実はその親友にも、人の命の期限が見えていた。

「本当は助けるつもりはなかった。人の運命を変えるのはよくないと思ったから。でもお前は俺を救ってくれたから、俺もお前を助けた」と彼は話す。

親友は小学生の頃、クラスメイトの少年の命を救ったことがあった。しかし、高校に入学するとその少年はリーダーとなり、親友はいじめの標的となる。少年を生かしたことにより、自分は不幸になった。だからもう人の命を救うつもりはなかったと話した。

その後主人公たちは考えを改め、ふたりで協力し合って次々と人の命を救っていき、ハッピーエンドで幕を閉じた。

小説としてはよくできているし、心に響くものがあった。それに結末も意外な展開で、さすが小説家志望だと感じた。

「どうだった？」

原稿を封筒にしまうと、和也は感想を求めてきた。僕は言葉を選んで彼に告げる。

「うん、よかったよ。主人公の葛藤とか心の変化とか、最後のどんでん返し、お前もかよってところとか、じんときた。なんていうか、ふたりとも助かってよかった」

率直な感想を和也に伝えた。当然ながら主人公を自分と重ねてしまい、感情移入した。けれど、ご都合主義とも言えるその結末だけは納得がいかなかった。

「そっか。気に入ってくれたんならよかった」

「もしもの話だけどさ、和也ならどうする？　和也がこの物語の主人公だったら、どうしてた？」

思い切って訊ねてみた。この小説を書いたのは和也だが、主人公の少年は和也じゃない。彼が僕の立場だったら、どう行動するのか聞いてみたかった。

「どうするって、そんなの決まってんじゃん。親友を助ける以外に選択肢なんかないって」

愚問だと言わんばかりに和也は目を丸くする。迷いのない彼の言葉に、僕はガツンと頭を殴られた気分だった。

「この主人公さ、なにをこんなに迷ってんだよ、って書きながら思ったよ。普通に、見える能力があることを親友に告げて説得して終わりだろ。我ながらムカつく主人公だったよ」

追い討ちをかけるように和也の言葉が胸に突き刺さる。「そうだよな」と僕は、消え入りそうな声で応えた。

「赤の他人ならまだしも、親友なら助けないわけにはいかないよな」

和也らしい考え方だと思った。真っ直ぐで純粋で、まさに主人公気質の人間。それが野崎和也だ。僕とは住む世界がまるでちがう。

「過去に大切な人を救えなかったくらいでなに投げやりになってんだよって感じだよな」

和也は自分で書いた主人公の愚痴を漏らす。それ以上は聞きたくなかったので、話題を変える。

「変なこと聞いてもいい？」

「変なこと？　なに？」

和也ならどう答えるか、前から聞いてみたかった。僕は少し間を空けてから、彼に問いかけた。

「人が生きる意味って、なんだと思う？」

「なにその哲学的な質問。なんか文芸部っぽくていいね」

揶揄うように和也は笑う。しかし僕の真剣な表情を見て、彼は居住まいを正した。

「生きる意味かぁ。あんのかな、意味なんて。まあでも、その答えを見つけるために生きたらいいんじゃね？　知らんけど」

照れくさそうに鼻を掻きながら和也は言う。彼は目を逸らしたけれど、僕は逸らさなかった。

「生きてたら見つかるかな、生きる意味」

「さあ。見つかる人もいるだろうし、見つからない人もいるんじゃない？　知らんけど」

その言い分もまた、和也らしくて口元が緩む。今まで同じ質問を何人かにしてきたが、それぞれちがっていて面白い。もし僕が生き長らえたとしても、一生答えは見つからないだろうな、と思った。

「質問を変えるけど、和也はなんのために生きてる？」

僕の問いかけに、和也は腕を組んで唸った。

「うーん。死にたくないから生きてる、かな。まだまだたくさんやりたいことがあるから、死にたくない。だから生きてる。そんだけ」

「なんか和也っぽい」と僕は返した。でもさ、と彼は続ける。

「人生ってさ、小説を書くことに似てる気がする。人生っていう白紙の原稿用紙に、自分を主人公にして書いていくんだ。どんな内容で、どんな結末を迎えるのかは未知数だけど、ハッピーエンドかバッドエンドか、自分次第でどうにでもなる。だから短い人生の中で、自分という名の主人公をうまく動かして、ハッピーエンドで幕を閉じられるように生きればいいと思う」

まあ知らんけど、と和也は最後に付け加えた。常日頃から小説を書いている和也ならではの見解で、たしかにそのとおりだなと思った。彼の人生はどうなのだろう。若くして死んでしまうからバッドエンドになるのだろうか。人生は長さではないとしても、僕も和也もあまりに短すぎる。僕の人生の小説はまちがいなくバッドエンドと言える。

病院にいた少女は人生を絵に喩《たと》え、和也は小説に喩えた。きっと野球選手は野球に、音楽家は音楽に重ねるのだろう。

でもなぁ、と和也はさらに続ける。

「小説はうまくいかなくなったら前のページに戻って書き直したりできるけど、人生はそれができないんだよなぁ。そう考えたらこの喩えもちがうのかもなぁ」

和也は難しい顔をして持論に突っ込みを入れる。僕の人生はまさにそれだ。死なせてしまった明梨を、前のページに戻って救うことなんてできない。たったの一分一秒でも、書き直すことができないのが人生だ。そこが小説とは異なる。

「俺さ、ときどき思うんだよ。なんで俺はあのとき死ななかったのかなって」

あのときとは、おそらくバスの事故のことだろう。当時明梨と同じクラスだった和也も、あのバスに乗り合わせたひとりだった。彼も遠足の実行委員に選ばれ、前方の席に座っていたが奇跡的に軽傷で済んだ。事故の瞬間、和也はお菓子を食べようと鞄を漁っていたらしい。かがんでいたことが幸いし、軽傷で済んだのではないかと医師に言われたそうだ。

「運がよかったと言われたらそれまでなんだけどさ、あそこで死ななかったのは、なにか意味があるんじゃないかって思ってる」

実行委員で生還したのは和也ただひとり。たしかに彼がそう思うのは無理もない。

「それは、どんな意味だと思う？」

ノートパソコンの前で腕を組む和也に、僕は聞いた。

「それがわからないから、これから探す。生きていたら、そのうち見つかると思う。だから俺は、まだ死ぬわけにはいかないんだ」

眉をひそめて和也は言った。彼の言葉に違和感を覚えたが、そのタイミングで黒瀬が部室にやってきた。

「お疲れ」と和也は表情を緩めた。

黒瀬は「お疲れ」と小さく呟いてから僕と和也を交互に見て、それから席に座る。彼女に見えているという僕らの背後の黒い靄は、相当濃くなっているのだろう。

「黒瀬ちゃん、明日何時だっけ？」

「朝の九時に駅で待ち合わせ」

「そうだった。了解」

明日の予定を確認し終わったあと、和也はパソコンを閉じる。もしかしたらこうして三人で部室で過ごすのは、今日が最後かもしれない。そう思うと急に寂しくなって、もう少し三人一緒にいたいと思ったが、和也はノートパソコンを鞄にしまって席を立った。

「俺そろそろ帰るわ。またな」

去っていく和也の後ろ姿を、僕は呆然と見つめることしかできなかった。一瞬、明梨の姿と重なって、どきりとした。遠足のバスに乗って僕のそばから離れていく明梨。あのときの抉られるような胸の痛みに再び襲われた。

「それ、和也くんが書いた小説？」

和也が出ていったあと、黒瀬は僕の手元の封筒を指さして言った。

「そうだけど」

「私も読みたい」

黒瀬は細くて長い腕を伸ばして封筒を掴み、中から数十枚の紙を取り出した。彼女はそれを黙々と読んでいく。僕も持参した文庫本を読みはじめる。

三十分ほどそうしていると、湊をかむ音が聞こえた。どうやら読み終えたらしく、黒瀬の目には薄らと涙が滲んでいた。

「え、なに。泣くほど感動したの？」

原稿を受け取り僕が訊ねると、黒瀬はこくりと頷く。たしかに感動的な物語ではあったが、涙するほどではなかった。

「なんか、新太くんと和也くんを重ねちゃって」

湊をすすりながら黒瀬は言う。そして「新太くんもこの主人公のようになってほしい」と付け加えた。

「無理だよ。そんな簡単に事が運ぶとは思えない」

「じゃあ、やっぱり明日は家にいるの？」

黒瀬は不満げな顔を僕に向けてくる。返事はせずに、僕は席を立つ。

「そろそろ帰る。明日、頑張れよ」

「もう帰っちゃうの？　本当に和也くんを見捨てるの？」

「だからその言い方はやめろって。見捨てるんじゃなくて、見届けるんだよ。家からな」

引き戸に手をかけると、背後から僕を罵倒する声が飛んでくる。

「意気地なし！　へなちょこ！」

「なんとでも言え」

そう言い残し、耳を塞いで部室を出た。

意気地なし、へなちょこ。そんなことわかっている。僕は怖いのだ。目の前で親友を失ってしまうことが。意気地なしでへなちょこだから、どうせ僕に和也は救えない。

ろくに睡眠が取れないまま、朝方に目を覚ました。もはや慢性化してしまった頭痛とともに。時刻は午前五時を回ったところ。頭痛だけでなく、体のあちこちが不調でベッドから起き上がるのもひと苦労だった。

十二月一日の早朝はやけに冷えこんでいて、カーテンを開けるとちらちら雪が降っていた。

「こんな日に初雪か」

ぼそりと呟く。積もるほどではなく、はらはらと舞い落ちる雪は地面に吸いこまれるように消えていく。

机の上に置いてあった封筒を手に取り、ベッドに腰掛ける。昨日から何度も読んだ和也の小説を、もう一度頭から読み直した。紙がくしゃくしゃになるくらい、何度も何度も繰り返し読んだ。

改めて思った。僕はこの小説の主人公のようにはなれない。この少年は僕に似ているところもあるが、決定的にちがう部分もある。

それは、一歩を踏み出す勇気。そこが主人公と僕の差だ。あともう一歩、勇気を振り絞って歩み寄っていれば救えた命もあった。僕ではなく、正義感の強い人間にこの力があれば救われた人もいただろうに。

しわくちゃになってしまったＡ４サイズの原稿を封筒にしまい、机の上に戻した。

時計を確認すると、時刻は午前八時過ぎ。和也は事故死だと仮定して、事故に遭うのはやはり移動中だろう。

ふいに和也が車に撥ねられる映像が脳内で再生される。耳をつんざくブレーキ音。四肢が脱力し人形のように吹き飛ぶ体。吐き気を催すほど生臭い血液の匂い。つい先月、目にした光景が鮮明に蘇り、撥ね飛ばされた沙耶香さんの姿と和也が重なって見えた。でも、仮にそうなったとしても彼の運命なのだから仕方がない。この期に及んでもそう自分に言い聞かせてざわつく心を鎮め、気分転換に服を着替えて外へ出た。

雪が降る中を歩いて駅へ向かう。和也はまだ生きているだろうか。たしか九時に待ち合わせと言っていたので、無事なら家を出た頃だろう。もしかしたら黒瀬は和也の家の前で見張っているのかもしれない。

駅に到着してホームに出る。すぐにやってきた電車に乗りこんで空いている座席に座った。腕時計に視線を落とすと、九時を回っていた。ふたりは無事に合流できただろうか。なにかあれば黒瀬から連絡があるはずだ。おそらく今のところ異変は起きていないのだろう。関係ないと思っているのに、つい気にしてしまう。

電車を降りたあと、駅舎を出て祖母が入院している病院までの道のりを歩く。祖母の頭上に数字が出現して以来、見舞いに来ていなかった。死ぬ前にもう一度、最後に祖母と話がしたかった。

病院に向かう途中、歩きながら腕時計を何回も見る。ポケットの中の携帯がメッセージを受信していないか、着信がないかしきりに確認する。ふたりは今頃映画館へ移動中かもしれない。

花屋の前を通り過ぎると病院が見えてくる。市内では一番大きな病院で、夏には花火が見える病室もあるのだとか。

平日にもかかわらず院内は混雑していて、辟易しながらエレベーターに乗る。

四階で降りて少し歩くと談話室がある。そこには数人の入院患者と思われる人たちがテレビを観ていたり、談笑していたりとやや騒がしかった。

いつもここで絵を描いている少女の姿はなかった。彼女もあと数日の命だったはずだ。もうそんな余裕などないのかもしれない。談話室を素通りし、祖母の病室へ足を運ぶ。

相変わらず祖母は分厚い本を読んでいた。『83』の数字が存在を主張するように揺らめいている。もういいよ、と思った。

「あら、いらっしゃい」

祖母は僕に気づくと、いつもと同じ笑顔で迎えてくれる。

僕もにこりと笑顔を返す。

「久しぶり。今日はなんの本を読んでたの？」

「今日はね、イギリスの作家のファンタジー小説を読んでたよ。すごく面白いから、読み終わったら新太に貸してあげる」

「うん、ありがと」

きっと読むことはないんだろうな、と思うと声がうまく出なかった。

「これ、食べなさい」

今日も祖母は僕にクッキーを勧めてくる。朝からなにも口に入れていないので、三枚手に取って噛み砕いた。

「あれ、今日って平日よね？　学校はどうしたの？」

「開校記念日で休みだよ」

「あら、そうなの」

祖母と話しながらも、つい携帯を気にしてしまう。黒瀬からの連絡はまだ入っておらず、ほっとする。

二十分ほど祖母と話したあと、最近お決まりになってきた質問を投げてみた。

「ねえ、ばあちゃん。ばあちゃんはさ、今までなんのために生きてきたの？」

「どうしたの、急に」

祖母は、困ったように優しく笑う。幼い頃から、僕がわがままを言ったときに見せる表情だ。

「なんのためにというか、生きる意味というか、そういうの」

聞き方が悪かったかな、と思ってそう付け加える。ここまで長生きしている祖母だ。なにか心に響く解を期待した。

唐突すぎる質問だったけれど、それでも祖母は答えてくれた。

「なんだろうねえ。おばあちゃんにはよくわからないけど、そういうのは死ぬときにわかるんじゃないかなぁ」

「死ぬときに？」

「そう。自分が死ぬ瞬間に。精一杯生きた、悔いはない、って思えるような生き方を新太にもしてほしいな」

若干脱線気味ではあるが、祖母らしい物言いだ。

が、数日後に死ぬ僕は、きっとたくさんの後悔を抱えたまま人生の幕を閉じることになる。

「新太がこうして会いにきてくれることも、おばあちゃんの生きる理由のひとつなのよ」

亡くなった店長の言葉をふと思い出す。自分のために生きることが、誰かのためになる。

僕が死んだら、祖母は生きる理由をひとつ失ってしまう。

僕が死ぬのはかまわないから、せめて祖母が亡くなる日まで寿命を延長できたらいいのにな、と思った。

「そういえば、おじいちゃんにも聞かれたことあったな」

僕が押し黙っていると、祖母は遠い日を懐かしむように微笑んだ。

「おじいちゃんって、どんな人だったの？」

ふと気になって訊ねてみた。母さんは祖父のことを、自分勝手で頑固な人と評していた。僕は写真でしか見たことがないし、実際にどんな人だったのか詳しく聞いたこともない。

「おじいちゃんはね、ヒーローみたいな人だったよ」

「ヒーロー？」

聞いていた人物とはかけ離れたワードが出てきたものだから、思わず聞き返してしまう。祖母は穏やかな表情を崩さず、話を続ける。

「おじいちゃんはね、人の命を何度も救ったことがあるのよ。新聞に載ったこともあったの」

ドクンと心臓が跳ねた。

「海で溺れそうになった子どもを助けたり、駅のホームから飛びこもうとした人を止めたり。そうやって人の命を何回も救ったのよ」

「……そうなんだ。母さんは自分勝手な人だったって言ってたから、なんか想像してた人とちがった」

「ふふっ。急に予定をキャンセルしたり、お出かけしたときもいきなり行き先を変更したりしてたからかな。本当に不思議な人だったの」

祖母の話を聞いて確信した。まちがいなく、祖父にも僕と同じような力があったのだ。祖父は僕とはちがい、その力を人助けに使った。そして何度も人の運命を変えてきた。

きっと迷いなく、その力をフル活用したのだ。

「おじいちゃんと結婚する前にもね、そんなことがあったの。バスに乗ったとき、おじいちゃんはなにを思ったのか乗客にバスを降りろって言って騒ぎ出してね。私は次の停留所で降りたんだけど、ほかの乗客はおじいちゃんの言うことを聞かなかった。その直後にバスは事故に遭って、五人の人が亡くなったのよ」

「……じいちゃんは無事だったの？」

「おじいちゃんは大怪我を負って、しばらく入院したわ」

祖母は胸元を押さえ、悲しげに声を震わせる。その凄惨な事故現場は、想像を絶するものだったのだろう。祖母が咳きこんでしまったので、僕は立ち上がって背中をさすった。

「大丈夫？　ばあちゃん」

「うん、大丈夫」

祖母は辛そうにベッドに横になり、目を瞑った。

話を聞いて、僕には簡単に想像できた。祖父はおそらく、バスに乗って乗客の頭上の数字を確認し、とっさに降車を促したのだろう。しかし乗客は忠告に従わず、事故に巻きこまれた。

感嘆の息が零れる。僕だったらどうしていただろうと考えてみるが、それこそ容易に想像がつく。

通学に利用するバスに乗った途端、乗客数人の頭上の数字が『0』になっている。それを見た僕は泡を食って逃げ出すだろう。乗車してすぐに降車ボタンを押し、運転手に頭を下げてドアを開けてもらう。『0』の乗客は見殺しだ。

僕ならきっとそうする。常に自分は安全圏にいて、死にゆく人たちを遠くで見ている。それが正しいと思っていた。そう信じて疑わなかった。

しかし自分の命を投げ出してまで見ず知らずの人間を救おうとしたのが祖父だった。その行動によって運命が変わり、自分が死んでしまうかもしれないのに。それでも祖父は何度も人の命を救ってきた。僕とはまるで対照的で、自分が惨めで情けなく、終いには悔しくて涙が出てきた。

「おじいちゃんはね……」

眠りについたのだと思っていたが、祖母はかすれた声を発した。僕は慌てて涙を拭う。

「おじいちゃんはね、由美子と釣りに出かけたときに、川で溺れて死んじゃったの。糸を垂らしていたら急にいなくなって、そのまま戻ってこなかったのよ。由美子は魚がいそうなポイントを探してるうちに足を滑らせたんじゃないかって言ってたけど、おばあちゃんはきっとなにか理由があったんじゃないかなって思うの。根拠はないんだけど、たぶんなにかがあったんだと思う」

涙ながらに祖母は話した。長く連れ添った祖母がそう言うのだから、おそらく理由があったのだろうと僕も思った。

——祖父はきっと、誰かの命を救おうとしたのだ。

自分はなんのために生きているのか、生きる意味はなんなのか、それは死ぬときにわかる。祖母はそう言った。祖父は亡くなるとき、答えを見つけたのだろうか。五日後に死ぬ僕は、答えを見出せるのだろうか。このまま死を迎えて、本当にいいのだろうか。

静かに寝息を立てる祖母の横で、僕は大粒の涙を流した。声を殺し、流れる涙を拭うこともせずに泣き続けた。

祖母の『83』の数字が、溢れる涙で歪んで見えた。祖母の数字はおそらく病による寿命だから僕がなにをしても消えることはないだろう。

しかし和也はどうだ。彼は救えるかもしれない。

この見えてしまう力は、大切な人の命を救うためにあると黒瀬は言った。祖父もまた同様に、人の運命を変えるために尽力した。でも僕は……。

このまま和也を死なせてしまっていいのだろうか。いや、いいはずがない。

気づくと、僕は走り出していた。なにかに背中を押されているかのように、一心不乱に走った。エレベーターを待つのももどかしく、階段を一気に駆け下りる。すれちがった看護師に制止されたが、ひと言謝って振り切った。

自分でも不思議に思う。あれだけ運命だから仕方ないと思っていたのに、今その運命を変えようと躍起になっている。今まで我執に囚われていて、大切なものを見失っていたのだ。

最後に和也の命を救ってから死のう。そうすればきっと死ぬときに、探し求めていた答えが見つかるかもしれない。一時的な情動なんかではなく、本気でそう思った。

ポケットに手を突っ込み、走りながら黒瀬に電話をかける。しかしもう映画は終わっているはずなのに応答はなかった。次に和也にかけてみるが、こちらも繋がらない。

この辺りで映画館といえば病院前のバス停から一本で行ける大型デパートの最上階だ。ふたりは映画を観たあと文化祭の売上金で本を買うと言っていた。そのデパートには書店も入っているから、きっとふたりはまだそこにいるはずだ。

バス停で時間を確認すると、つい先ほど出てしまったらしく、次が来るまで十五分以上あった。なにもせずバスを待っている気になれなくて、僕は走った。

全力で走るのは何年ぶりだろうか。体育の短距離走は手を抜いていたし、バスや電車に乗り遅れそうになったときも本気で走るほどではなかった。だからなのかすぐに息は切れ、両足は今にもつってしまいそうだ。

それでも走るスピードを緩めず、再度ふたりに電話をかける。しかしどちらも出る気配はなく、焦燥が募る。

前方の信号が点滅しているのが視界に入った。ここの信号は赤が長い。横断歩道に差しかかる直前で赤に変わってしまったが、かまわず駆け抜ける。

デパートに到着すると、救急車が入口の前に停車していた。

救急車は今しがた到着したばかりらしく、開いている後部に患者の姿はない。いったい誰を搬送しにきたのか。不吉な予感を振り払って僕は店内に足を踏み入れた。

近くに救急隊員の姿はなく、僕はエスカレーターに乗って二階に上がる。本屋はたしか、二階だったはずだ。

エスカレーターを降りて足を引きずりながら本屋の近くまで歩くと、前方に人だかりが見えた。数名の救急隊員の姿もあり、どうやらその場で処置をしているらしかった。

「高校生？　なに、刺されたの？」

「いや、急に倒れたらしい」

「転んだ拍子に頭を打ったんじゃないか」

そんな囁き声が僕の耳に届く。真相はわからない。僕はそれ以上前に進めなかった。数メートル先で誰が倒れているのか見たくなかった。

今さら両足が痛み出し、その場にしゃがみこむ。目線を下げたせいで救急隊員のそばに横たわる人物の姿が一瞬見え、絶望する。見覚えのある髪形、横顔、服。そのどれもが和也のものと一致した。

「新太くん！」

聞き覚えのある声がした。顔を上げるとそこには、ぼろぼろ涙を流す黒瀬の姿があった。

「……和也は？」

「わからないの……いきなり」

黒瀬は嗚咽交じりに声を絞り出す。彼女は僕の前に膝をつき、泣き崩れた。

僕は黒瀬を近くにあったベンチに座らせ、和也のもとへ歩いていく。彼の頭上の『0』の数字は、激しく燃え盛るように揺れていた。その命の炎が燃え尽きてしまわないことを、僕は強く願った。


僕と黒瀬は救急車に同乗し、病院までつき添った。

和也は集中治療室で蘇生中とのことだが、僕たちには結果はわかっていた。それでも祈り続ける。奇跡が起きて、和也が目を覚ますことを。

待合室の椅子に腰掛け、泣きじゃくりながらも黒瀬は、一部始終を話してくれた。

ふたりで映画を観終わったあと、本屋へ移動した。部室に置く本を物色しているとき、突然和也は胸を押さえて倒れたのだという。すぐに黒瀬は救急車を呼び、救急隊員が応急処置を施しているときに僕が到着した——。

つまり和也は、病死だったのだ。僕が黒瀬に協力して彼の命を救おうと足掻いていたとしても、結局死の運命は変えられなかった。

途轍もない絶望感に襲われ、目の前が暗くなった。

「また……救えなかった」

話し終えると、黒瀬は嗚咽しながら自分を責めるように言った。

「いや、黒瀬のせいじゃない。なにをしても和也は救えなかったんだ……」

黒瀬に見られないように指先で涙を拭い、悲嘆に暮れる彼女を慰める。

「でも、私が無理をさせたのかもしれない」

「そんなことないって。誰がそばにいても、結果は同じだったと思う」

そのとき、両親とともについさっき到着した和也の兄が険しい表情で集中治療室から出てきた。両親はまだ和也のそばにいるらしい。

「和也につき添ってくれてありがとう。さっき、息を引き取ったよ」

幼い頃から知っている和也の兄は呆然としながら乾いた声でそう言った。

再び黒瀬がわっと泣き出し、僕は唇を噛みしめながら小さく頭を下げた。

「和也、どこか悪かったんですか？」

悲痛な面持ちで佇んでいる和也の兄に訊ねると彼は顔を上げ、不思議そうに僕を見た。

「新太くん、和也から聞いてないの？　あいつ、新太くんには話したって言ってたけど」

「……僕はなにも聞いてないです」

そうか、と和也の兄は力ない声をため息と一緒に漏らした。

「あいつ、結局新太くんには話さなかったのか。実は――」

僕と黒瀬は、和也の秘密を知った。

和也の兄はまず、弟の死因は急性心臓死であると話した。

和也の心臓に初めて異常が見られたのは、中学三年の夏頃だった。学校の健康診断で発覚したらしく、後日精密検査を行った結果、心臓に疾患が見つかり、突然死の恐れがあると医師から説明を受けた。とくに有効な治療法もなく、突然死のリスク以外は普通に生活できるということで、診断を受けてからは経過観察で定期的に通院していたらしかった。

寝耳に水だった。まさか和也がそんな深刻な問題を抱えていたなんて、まったく想像もしていなかった。用事があると言って部活に出なかったことは何度かあったが、そのときに通院していたのだろうか。和也は僕には話したと兄に報告したらしいが、そんな話は聞いたことがない。

ふと思い出した。文化祭の日の帰り道、和也は僕になにかを話そうとしていた。いつになく真剣な顔をして、僕になにかを伝えようとしていた。恋愛相談だと流してしまったが、もしかしたら和也はあのとき、僕に病気のことを打ち明けようとしていたのかもしれない。想い人である雨女を文化祭に誘わなかったのも、自分がいつ死ぬかわからないから、深い関係になることを避けたかったからだろうか。

僕と黒瀬はその後、頭上の数字が消えた和也と対面した。無表情の和也はまるで別人のようで、彼の遺体を目の前にしても実感が湧かなかった。

いつも笑っている和也のことだから、きっと死に顔もそうなのだと思っていた。いや、そうであってほしかった。死んだのになに笑ってんだよ、と僕も笑いながら見送りたかった。

和也が死ぬことはずっと前からわかっていたことなのに、涙が止まらなかった。

二日後に和也の通夜があった。

昼間はなにも手につかず、自室の椅子に座って呆けていた。そして夜になってから会場へ向かう。

同じクラスの生徒や他クラスの生徒、とにかくたくさんの人が訪れていた。

自分には関係ないと談笑しているやつもいて、でも怒る気力もなくて呆然と和也の遺影を眺めていた。

「あの、すみません」

通夜が終わり、会場を出て少し歩いたところで背後から聞き覚えのない声がした。僕を呼び止めたのかすらわからず、ちらりとだけ振り返る。

「あ……」

「どうも」

そこにいたのは、和也が想いを寄せていた雨女だった。雨の日のホーム以外で彼女を目にするのは初めてで驚いたのはもちろん、和也の通夜に参列していたことにも驚かされた。

そして僕は、数秒遅れて異変に気づいた。彼女の頭上にあったはずの数字が、跡形もなく消えていたのだ。いつだったか突然数字が浮かび上がったが、今はすっかり消え失せている。わけがわからず、思考が停止する。

「あの、大丈夫ですか？」

「え？　あ、はい。大丈夫です」

雨女は僕に話があると言った。僕は言われるがままに彼女のあとをついていく。

雨女は小綺麗なカフェに入っていった。一番奥の席に案内され、向かい合って座る。適当に注文を終えると、彼女は口を開いた。

「和也くんのことはお兄さんから聞きました。彼に電話をかけたらお兄さんが出て、すべてを話してくれました……。今でも信じられないです」

雨女は表情を曇らせて言った。僕もです、と呟くように返答すると、彼女は鞄の中から封筒を取り出した。

「それって……」

「これ、和也くんが書いた小説なんです。彼、私のために書いたって、そう言ってくれたんです」

僕は封筒を受け取り、中からA４サイズの紙の束を取り出す。僕のために書いてくれた小説の倍以上の厚さだ。

「ぜひ、読んでみてください。読み終わるまで待ってますから」

「わかりました」

注文したコーヒーが運ばれてきたがそれには口をつけず、僕は和也が最後に遺した小説を読みはじめた。

以前、和也からあらすじを聞いていた、自殺願望のある主人公が余命宣告を受ける話だった。

自殺しなくていいんだと喜ぶ主人公だったが、余命宣告されたことによって次第に焦りはじめる。それまではいつ死ぬのうか自分で決められたが、そうはいかなくなった。自分は本気で死ぬつもりなんてなかったのだと、終わりが見えてから初めて気づかされた。

そんなある日、駅のホームでとある少女と出会う。彼女は雨の日だけ電車を利用する、主人公と同じ高校生だった。

いつものように遠くから彼女のことを見ていた主人公は、あるとき、異変に気づく。彼女は駅のホームに身を投げようとしていた。間一髪のところで主人公は彼女を救う。話を聞くと、彼女はいじめに耐えきれず死にたかったのだと泣きながら口にした。

主人公は彼女に説教をする。そんなことで死のうとするなと。言いながら、少し前まで死のうとしていた自分がなにを口走っているのだろうと困惑する。それでも主人公は、彼女に生きろと言った。

その日からふたりは、雨の日だけ交流するようになった。そして主人公は決意した。残された時間は、彼女のために使おうと。彼女が前向きになって、生きていこうと思えるようになるまでそばにいようと。それが自分の使命だと思った。病気のことを伏せ、彼女との短すぎる日々を過ごす。そして彼女が生きる決意をしたあと、主人公は彼女の前から姿を消した。

——そんな純愛小説だった。

雨女が目の前にいるというのに、読み終えたとき、ぼろぼろ涙を流していた。和也はきっと、私小説のつもりで書いたのだろう。だからこそ余計に胸に響いた。

「どうでした？」

言わなくても見ればわかるだろうに雨女は控えめに聞いてくる。「よかったです」と僕は原稿を返しながら情けなくも涙声で言った。

「その小説に出てくる女の子、たぶん私のことなんだと思います。私、ずっと前から和也くんに相談に乗ってもらってたんです」

「……そうだったんですね」

「私もその女の子と同じで、死にたいって思ったことがありました。でも、和也くんの小説を読んで、もう少しだけ頑張ろうって、和也くんの分まで生きようって、そう思いました」

彼女は声を震わせて涙ながらに話した。僕は驚きのあまり、声を出せなかった。小説を書いただけで、たったそれだけのことで人の命を救えるのかと。

信じられないけれど彼女の数字が消えているのは事実だし、彼女にとってこの小説は、それほど影響を与えるものだったのだ。もちろん支えてくれた和也の存在が一番大きいのだろうけど。

――小説って時に人を救うんだ。

――俺もそうやって誰かの心を救う物語を書きたい。

和也の言葉が蘇る。彼が心血を注いで書いた小説は、たしかに雨女を救った。新人賞に応募すると言っていたのは建前で、本当は彼女のために書いていたのだ。

すごいことだなと思う。僕や黒瀬なんかは人の命を救おうといくら奔走してもできなかったというのに、和也はあっさりとやってのけた。かっこよすぎだろ、と思わず声が漏れた。和也がバスの事故で生還したのは、このためだったのかもしれない。

——自分がいつ死ぬか、知りたいと思う？

帰宅して昼間と同様に呆けていると、ふいに頭の中でその言葉が反響した。それは中学三年の頃に同級生たちが話題にしていたことだ。

そうだった。今になってようやく思い出した。その言葉を発した人物は、紛れもなく和也だったのだ。あのとき和也は自分に死期が迫っていることを知り、ひとりもがき苦しんでいたのかもしれない。知りたい派か知りたくない派か、和也がどちらを選んだのかは覚えていない。あれは単なる気まぐれな質問ではなく、和也の心の奥底から漏れ出たＳＯＳだったのだ。

いつ死んでもおかしくない状況になった彼は、友人たちに答えを求めた。知ったところでどうなる問題でもないが、友人たちはどう思うのか、きっとやけになって質問をぶつけたのだ。

僕もそうだったから和也の気持ちはよくわかる。僕は自分の死が見えてから、意味もなく生きる理由を探していた。答えなんて存在しないことはわかっている。

それでも僕は探し求めた。誰でもいいから、言葉で僕を救ってほしかった。慰めや同情なんかじゃなく、答えを明示してほしかった。それに縋りたかった。

和也が悩んでいたことに、僕は気づけなかった。幼い頃から一緒にいたのに、彼のちょっとした変化に気づけなかった。僕に見えるのは人の死期だけで、肝心なことが見えていなかった。

今思えば、和也の振る舞いに違和感を覚えたことが何度かあった。どうして話を聞いてやらなかったのか。僕は自分だけが悩んでいるのだと勝手に思いこんでいた。

和也は、僕や黒瀬に心配をかけまいと黙っていたのかもしれない。そうではなく、僕たちが頼りないから相談できなかったのだろうか。やつれていく僕を心配し、話すことができなかった可能性だってある。

自分の不甲斐なさと和也の優しさに胸を打たれ、涙が零れた。悔しさと悲しみの涙で、僕の頬は濡れていく。

和也には生きる意味がちゃんとあった。彼は雨女の命と心を救った。彼の優しさに触れ、救われた人はほかにもいたことだろう。それに比べて僕は……。

残された三日間で、なにができるというのか。いくら考えてみても、なにも浮かんでこない。

和也がいてくれたら、少しはこの沈んだ気持ちも晴れるというのに。

和也が僕に書いてくれた原稿を手に取り、改めて読むことにした。この小説のように、なにもかもうまくいけばどれほど幸せだったか。現実は思った以上に甘くなくて、非情で、救いようがない。

震える手で、一枚一枚ページをめくっていく。とめどなく流れる涙のせいで、文字が読めなくなる。

嗚咽を漏らし、静かな部屋でひとり溢れる涙を拭いながら、僕は和也の遺作を読みふけった。

もうひとつの物語

頭上の数字が『2』になった日、僕は午前中に家を出た。

まだやり残したことがあったので、自転車に乗ってペットショップへ向かう。僕が死んだあと、母さんが寂しくならないように犬を飼おうと思っていたのをついに実行する。そのためにアルバイトを始めたのだから。

実はここ一ヶ月、いくつかのペットショップに足を運んで、ある程度目星をつけていた。バイトで稼いだお金と、僕の貯金を合わせれば十分足りる。犬を飼うことは事前に母さんに承諾を得ている。母さんがいつか欲しいと言っていたミニチュアダックスフントを店員に声をかけて購入する。僕が来店するといつも尻尾を振って出迎えてくれるから、この子に決めた。心なしか黒瀬が飼っているダックスと似ていて、親近感もあった。

自転車で来てしまったため、後日母さんに引き取ってもらうことにして、会計だけ済ませて帰宅した。

その日の夜、何度も読み返したお気に入りの文庫本を読んでいると、携帯が鳴った。

『話があるので今から新太くんのおうちに行きます』

黒瀬から絵文字や句読点のない無機質なメッセージが届いた。いつもと雰囲気の異なる文面にどきりとするが、話の内容はなんとなくわかる。二日後、どうするのか。おそらくそんな話だろう。

寝たふりをして気づかなかったことにしようと思っていると、追加のメッセージが届く。

『というか、もう着きます』

まじか、と呟いてから慌てて散らかった部屋を片づける。数分後にインターホンが鳴り、部屋を出て階段を駆け下りた。

「本当に来たんだ」

「うん。いきなり押しかけてごめん」

黒とグレーのチェック柄のマフラーを巻いた黒瀬は、頷くと頭に薄らと積もっていた雪を足元に落とした。気づかなかったけれど、外は雪が降っているらしい。

黒瀬を部屋に入れると、彼女は黒いコートを脱いでベッドに腰掛ける。僕はドアを閉めてさっきまで座っていた勉強机の椅子に腰を下ろした。

「それで、話ってなに？」

さっそく訊ねると、黒瀬は姿勢を正して口を開く。

「明後日、どうするのかなと思って」

「どうするって、最初から決まってる。やっぱり運命には逆らわない方がいいんだ。普段どおり行動して、潔く死ぬよ。明梨も父さんも、和也も救えなかった僕に生きる資格なんてないから」

黒瀬の顔は見ずに、冷めた口調で言った。彼女には申し訳ないけれど、死を回避するなんて今はもう考えられなかった。二日もいらない。明日でも、いや今日死んだってかまわない。それくらい、僕の心は打ちのめされていた。

「本当にそれでいいの？　和也くんの分まで、生きたいとは思わないの？」

「思わない」

　僕は言下に否定する。

「和也くんの命を救おうと思って、あのとき走ってきてくれたんじゃないの？　運命を変えようと思ったから、来てくれたんじゃないの？　だったら自分の命も――」

「もういいんだ」

　僕は言葉を被せるように言い放った。生きたいと願う心の中にいるもうひとりの僕も、和也の死とともに消滅してしまった。今はただ、無になりたかった。

「もう、僕のことは放っといて」

　顔を伏せたままぽつりと呟くと、黒瀬は鞄の中からノートを取り出して開いた。

「それって……」

「新太くんがどうやったら死を回避できるか、いろいろまとめてきた」

　黒瀬が広げたノートには、びっしりと文字が書きこまれている。赤や青など、何種類もの色が使い分けられていて、普段鉛筆しか使わない僕には読みづらかった。

　ノートを受け取ると、そこには事故死や病死、自殺や他殺など、僕の死へのあらゆるルートと対策が列挙されていた。以前黒瀬が書いていたものよりも、詳細に書かれている。
・一日中交番で匿ってもらう（誰かに命を狙われているならおまわりさんが守ってくれるから）。

・一日中病院で過ごす（病死ならすぐに治療してもらえば助かるかもしれないから）。
・一日中ベッドの下に隠れている（強盗が家に来ても、隠れていれば安全だから）。
そんな調子で呆れるほど具体的な対策が、現実的なものから馬鹿げたものまで何ページにもわたってびっしりと綴られていた。

「このノートがあればきっと、新太くんは死なずに済むと思う！　だから――」

「もういいって」

そう言って黒瀬にノートを突き返す。彼女の気持ちは嬉しかったが、今の僕にはもう響かなかった。

「でも……」

「帰ってくれ。ひとりになりたいから」

黒瀬はがっくりと肩を落としたあと、コートを摑んで静かに立ち上がる。無言のまま部屋を出ていったので、玄関まで見送ることにした。

「新太、もう遅いから送ってあげたら？」

リビングから顔を出した母さんに言われ、「じゃあ、バス停まで」と僕は黒瀬と外へ出る。雪はまだ降っていた。

バス停まで、ふたりとも黙って歩いた。黒瀬は顔を伏せているから、マフラーに埋もれて表情は窺えなかった。

時刻表を確認すると、次のバスが来るまで十五分もある。黒瀬をひとり残して帰るわけにもいかず、ふたり並んでバスを待った。辺りはやけに静かで、僕は優しく舞い落ちる粉雪をただじっと見つめる。道路に薄らと降り積もる雪は、きっと明日の朝には消えてしまう。僕もこの白い雪と一緒に、誰にも気づかれずにひっそりと消えてなくなりたいと、黒瀬の隣でそんなことを考えていた。

「……私、決めた」

長い沈黙を破ったのは黒瀬だ。僕は視線を前に向けたまま、「なにを？」と聞いた。

「なにがなんでも新太くんのこと、助ける。新太くんが自分の命を諦めても、私は最後まで諦めない。どんなリスクを負っても、私は新太くんを助けるから」

黒瀬は力強く言い切った。そんなふうに意気込んでも、きっといつものように徒労に終わるだけだろう。僕は白い息を吐き出しながら、「放っといて」とにべもなく言った。

「やだ」と子どものように黒瀬は言う。ちょうどそのとき、待ち侘びたバスがやってきた。

「バス来たから、帰るわ」

発車するまで黒瀬を見送るのも気恥ずかしいので、僕はそう言い残して立ち去る。黒瀬と会うのは、これで最後にしようと思いながら。

「私、新太くんのことは絶対救うから！　絶対に！」

背後から黒瀬が叫ぶ。無視してもよかったけれど、僕は彼女を振り返る。

「だから、もうい――」

振り返った瞬間、僕は声を失い、それ以上言葉を紡げなかった。足に力が入らず、膝ががくがくと震えた。

目にした光景があまりに衝撃的で、脳では処理しきれずただ恐怖だけが全身を駆け巡る。息が詰まり、声を失い、胸の鼓動が加速し、そして思考が停止した。

バスのクラクションではっと我に返る。黒瀬は慌ててバスに乗りこむ。窓際の席に座った黒瀬の頭上をもう一度確認する。

そこに浮かんでいるのは僕と同じ、『2』という数字だった。


黒瀬の頭上に突如として浮かび上がったあの数字。それまではなかったのに、あの瞬間に彼女の死が確定したのはなぜか。僕は家に帰ったあと、ベッドの中で思念した。

黒瀬は二日後、僕を救おうとしてなんらかの事件、事故に巻きこまれて命を落とす。僕を救うと宣言した直後に浮かび上がったのだから、それが一番に考えられる。

あるいは、彼女は二日後、僕を救えなかった世界で自分を責め、自死を選択する。そのどちらかだろう。

姉のように慕っていた沙耶香さんを目の前で失い、ついこの間、和也も彼女の目前で倒れた。それに加え僕も救えなかったとしたら。ひとり取り残された黒瀬はきっと、絶望の淵に突き落とされる。

彼女を救うべきか否か。逡巡したがすぐに考えるのをやめた。もう、なにも考えたくなかった。

翌朝、ついに僕の頭上の数字が『1』となった。不思議と焦りや恐怖は感じない。つい最近までは日に日に減っていく数字に胸が押し潰されそうだったが、和也が死んでからは平静を保ったまま鏡を直視できるようになった。

諦めがついたとか、覚悟ができたとか、そんな立派なものじゃない。なぜこんなに落着いているのか、自分でもうまく説明できない。

携帯を確認すると、黒瀬からメッセージが届いていた。

『渡したいものがあるから、今日学校に来て』

受信時刻は午前五時前。こんな朝早くに、なにをしていたのだろう。黒瀬も僕と同じく、眠れなかったのだろうか。

「新太、学校行くの？　顔色よくないけど、大丈夫？」

玄関で靴を履いていると、母さんがリビングから顔を出して言った。黒瀬が僕になにを渡したいのか気になったし、家にいても思い詰めるだけだから登校しようと思った。

「うん、行ってくる」

「そう。無理はしなくていいのよ。お弁当は？　休むと思ってたからつくってないよ」

「なにか買うから大丈夫。いってきます」

「……いってらっしゃい」

家を出た僕は、自転車に乗って駅へ向かった。昨日の雪が嘘のように空は晴れ渡り、空気は冷たいけれど、気持ちがいい。軽快に自転車を走らせる。

駅の駐輪場に自転車を停め、嘆息する。いつもここで和也と合流していたが、いくら待っても彼は姿を見せない。来るわけないよな、と自嘲気味に笑って駅舎に入る。

久しぶりの学校はなんだか眩しくて、もうここは僕の居場所ではないと思った。生命力に満ち溢れた生徒たちは、キラキラと輝いている。僕とはまるで対照的で、羨ましいなとも思った。

でも、和也のいなくなった教室は静かで、ひとりいないだけでこうも変わるのかと驚いた。僕がいなくなってもきっとなにも変わらないだろうけど。

今日は黒瀬に用があるのだから、僕は教室を出て彼女のクラスに向かった。放課後まではとても待てない。授業を受けるのも怠いし、ものをもらったら帰ろうと思った。

「あっ」

ちょうど廊下で登校してきた黒瀬とばったり会った。彼女の『1』の数字が目に入り視線を下げる。やっぱり見まちがいではなく、彼女の頭上にも僕と同じ数字が揺れている。

「今朝言ってた渡したいものってなに？」

「えっと、放課後じゃだめ？　ここじゃちょっと」

「じゃあ今から部室行こう。もらったら帰る」

「え？」

僕は先に立って部室まで歩く。黒瀬は困惑した表情でついてきた。おそらく黒瀬は、自分が明日死ぬかもしれないことに気づいていないのだろう。僕とはちがい、自分の死の前兆は彼女には視認できない。いつもと変わらない彼女の様子から、それが見てとれた。

部室に入るとチャイムが鳴った。黒瀬は「これ私、遅刻扱いかな」とぶつぶつ言った。

「そんなことよりさ、早くちょうだい」

なにをくれるのか知らないが、さっさと受け取って家に帰りたかった。僕にはもう今日と明日しかないのだから。

「実はね……」

黒瀬は言いながら席に座り、鞄の中を漁る。そして見覚えのある封筒を取り出した。

「……それは？」

「和也くんに頼まれたの。これ、新太くんに渡してほしいって」

僕は驚きつつもそこまで厚くない封筒を受け取って、中から十枚程度の紙を取り出す。文字がびっしり印刷されていて、小説の原稿だと気づいた。

「それね、和也くんが書いた小説の、もうひとつの結末だって。和也くんが亡くなった日の午前中に、もらったの」

「もうひとつの結末……」

僕は独り言のように呟き、手元に視線を落とす。あの、僕がリクエストした短編だ。主人公が親友を救い、自分の死を回避したハッピーエンドとはちがう結末。そんなものを和也が遺していたなんて知らなかった。

席に着き、さっそく原稿に目を落とす。

「え、今読むの？」

黒瀬は目を見開いた。

「うん、読む。なんで？」

「いや、なんでもない。授業始まるから教室戻るね」

そう言って彼女は慌てて部室を出ていった。僕は改めて和也の小説を読みはじめる。

一枚、また一枚と、静かな部室でページを進めていく。今は授業中だから、耳障りな軽音楽部の演奏は聞こえてこない。おかげで物語がするする頭に入る。

どうやらこれは、主人公が親友を救えなかったもうひとつの物語らしい。

親友を救えなかった主人公は絶望し、数日後、自分も運命に従い死のうと思った。しかし、そこでもうひとりの親友が登場する。白瀬《しろせ》という少女だ。

その名前に思わず苦笑する。

彼女は主人公の置かれている状況を把握しており、彼に生きてほしいと訴えた。あなたのことが好きだから、私と一緒に生きてほしいと。私から生きる理由を奪わないで、一緒に死を回避しよう、と。

実は主人公は昔から白瀬のことが好きだった。愛する人の言葉に心を打たれた主人公は、死を回避しようと決意する。彼は死の当日、運命を変えるために敢えて自分が普段しないであろう行動を取る。それは雪が降る中、真冬の海に出向くというものだった。主人公はもともと海が嫌いらしい。それに加え真冬にもかかわらず海へ行った。それが功を奏したのかはわからないが、結果的に主人公は真逆の行動を取ることによって死なずに済んだ。そしてふたりは結ばれてハッピーエンド。悲喜交交《ひきこもごも》のその物語は、ものの十分で読了した。

最初に思ったのは、なんだこれ、というものだった。展開が急すぎるしご都合主義だし雑だし、なにより誤字が多い。

和也が書いた小説は、昔から何作も読んでいるから僕にはわかる。これは和也が書いたものじゃない。たぶん、いや絶対に、これは黒瀬の捏造だ。和也の文体を真似てはいるものの、かなり粗い。先ほどの彼女の反応を思い出し、合点がいった。

おそらく初めて小説を書いたのだろう。それを目の前で読まれるのが恥ずかしくて、彼女は席を立った。

それに気づいた僕は静かな部室でひとり、プッと噴き出してしまった。直接僕を説得するのは不可能だと悟ったのだろう。だからこうして小説を捏造し、和也からの最後のメッセージだと僕に思わせて翻意させることに賭けたのだ。

そもそも白瀬というキャラは、どう考えても黒瀬のことだ。なぜそんなわかりやすい名前にしたのか、相変わらずの天然っぷりに笑ってしまう。

いつ思いついたのだろう。和也が死んでから書いたのだろうけれど、僕を救うためにあれこれ思念し、これしかないと考えたのか。もしかして、今日の朝早くに連絡をくれたのは、一睡もせずに書いていたからなのかもしれない。

もう一度頭から読み返してみる。冒頭から違和感を覚えていたが、黒瀬が書いたものだとわかるとしっくりくる。主人公の周りの人間がとにかく優しく、彼が死ぬことを知らないはずなのに遠まわしに生きることのすばらしさを説いている。要するにこれは、読み手に訴えかける物語となっている。正直、小説とは呼べないしろものだけど。

『みんなから嫌われてる私の隣を歩いてくれてありがとう』

ヒロインの白瀬の言葉だ。

『私のわがままで、公園で朝まで付き合ってくれてありがとう』

思い出すのは、店長が亡くなった日。

『ひとりじゃ心細かったけど、遠方まで会いにきてくれた』

これは沙耶香さんが亡くなった日のことだろうか。白瀬の言葉をひとつずつ意識して読むと、黒瀬と奔走した日々が蘇ってくる。白瀬の言葉は黒瀬の言葉そのものだ。

『あなたのことが好きだから、私と一緒に生きてほしい』

『私から生きる理由を奪わないでほしい』

『あなたがいない世界なんて、生きたくない』

『この先何度あなたの死が見えたとしても、私があなたを守るから』

ラストを何度も読み返し、胸が熱くなる。これも黒瀬の本音だろうか。それともただの演出だろうか。どちらなのか知りたい。ほかにもなにかメッセージが隠されていないかと繰り返し読んだ。

これで、本気で僕を騙せると思ったのだろうか。

でも、なぜなのか自分でもわからないけれど、どうしようもなく涙が止まらなかった。小説に感動したわけでもないし、心を打たれたわけでもない。それなのに、どうしてか泣けてしまう。

彼女が僕に生きてほしくて書いた小説は、温かくて、優しかった。

涙がとめどなく頬をつたう。

なぜ黒瀬は僕を死なせてくれないのか。

なぜ黒瀬は僕に生きろと言うのか。

初めて会ったときからずっと、彼女の考えていることはよくわからない。だけど今、ひとつだけわかったことがある。

僕はどうなってもいい。でも黒瀬には生きていてほしい。

僕は今、心の底からそう願っている。

黒瀬が書いた小説を何度も読んでいると、たまらなく愛おしくなってそんな感情が芽生えた。

彼女の死が僕の死に起因しているのはたぶん、まちがいない。だとすれば、僕が死ななければ黒瀬も死ぬことはないのではないか。

自分の死を回避するか、それとも運命に従うか。僕は結局そのまま家に戻り、改めて、自分の死について真剣に考え続けた。

午後八時過ぎ、考えた末に決意が固まり、黒瀬に電話をしようと携帯を手に取ったタイミングで彼女から着信があった。すぐに通話をタップし、耳に当てる。

「もしもし」

「あ、もしもし。私だけど」

「うん」

「……和也くんの小説、読んだ？」

恐る恐る、といった様子で黒瀬は聞いてくる。小説を読んでどう思ったのか、私が書いたものだと気づかれていないだろうか。おそらく彼女の胸中はそんなところだろう。

「うん、読んだよ」

黒瀬が息を呑んだ気配があった。緊張感がこちらにも伝わってくる。ややあってから彼女は言葉を発した。

「ど、どうだった？」

「よかったよ。白瀬とかいうやつは、よくわからなかったけど」

「そう？　私はかわいいキャラだと思ったけどね」

自分で言うか、と突っ込みを入れたいところだがここは我慢しておく。

「そもそも白瀬って明らかに黒瀬のことだよな。安易すぎない？」

「それは……和也くんが書いたことだから私にはわからないけど」

黒瀬が安堵したのがわかった。僕は声を弾ませる彼女に悟られないようにくすりと笑い、「そっか」と返した。

「明日、どうするの？」

再び黒瀬は、恐る恐る僕に問いかける。受話器の向こうからは物音ひとつ聞こえてこない。黒瀬は次に発せられるであろう僕の言葉に、ただ黙って耳を傾けているようだった。

僕はひと呼吸置いてから、数時間考えた末に導き出した答えを黒瀬に告げる。

「明日さ、家にいることにした」

「えっ」

「和也の小説を読んでたらさ、なんていうかものすごく感動してさ。命の大切さに気づかされたというか、なんかとにかく心に響いた。もっと生きたいなって、そう思ったんだ」

しばらく返事はなかった。黒瀬の吐息が震えたのが電話越しに聞こえてくる。僕はさらに続ける。

「主人公の気持ちになって考えてみたら、やっぱり死ねないなって。好きな人に生きてほしいって泣きながら言われたらさ、死ねないよね」

すすり泣く声が耳に届く。僕の想いを、どうか泣かずに聞いてほしい。

黒瀬の書いた小説によって僕は生きる道を選択した。

そうすれば人の命を救ったことがないと嘆いていた黒瀬の心は、多少は救われるだろう。

僕は不器用だから、そうすることで黒瀬の気持ちに応えられると思った。

　僕が死ななければ黒瀬も死なずに済むのだ。

　僕が決断した一番の理由は、それだった。

「本当に、死を回避してくれるの？」

　泣いていることを悟られないように、必死に声色を保とうする黒瀬が愛おしかった。自分の死を回避することで、黒瀬の命を救う。和也のように、僕にだって大切な人の命を救うことはできると思った。

「うん、生きられるように頑張ってみる。だから黒瀬は、明日は普段どおり登校すればいいから」

「……わかった」

　電話を切ると、ベッドに寝転んで深く息をついた。

　僕が生き長らえたとして、父さんや明梨は許してくれるだろうか。いや、あのふたりならきっと、僕の決断を支持してくれるはずだ。生ではなく死を選択していたら、父さんも明梨も僕を責めるにちがいない。僕はそう信じている。

　目を瞑ると、救えたかもしれない命が次々と浮かび上がる。父さんに明梨、木村店長に沙耶香さん。それから和也。

　最後に浮かんだのは、黒瀬だ。

　彼女は僕に生きてほしいと言った。それだけじゃなく、一生懸命小説を書いて気持ちを伝えてくれた。

その声は、僕に届いた。

誰かのために生きようなんて、考えたこともなかった僕に。僕は今まで、自分のためだけに生きてきたのだから。

明日、僕は自分の死を回避する。うまくいくかはわからないけれど、やるだけやってみようと思った。


時刻は午前零時を回った。鏡を見ると頭上には『0』とある。もうここからは、なにが起きてもおかしくない。迫りくる死の脅威から身を守るべく、ひたすら布団に包まって朝が来るのを待った。

必死に闘っていた睡魔に負けてしまい、気づいたときはカーテンの隙間から朝日が差しこんでいた。

目を覚ましたのは午前七時過ぎ。まずは生きていることに安堵し、すぐには起き上がらず、一時間ほど微睡んだあとで体を起こした。体調は悪くない。階段を下りて洗面所へ向かう。寒いけれど冷水で顔を洗い、まだぼんやりする頭に活を入れる。

顔を上げると鏡に映ったのは、『0』の数字を浮かべるやつれた男。青白い顔からはまるで生気が感じられない。蠟燭の炎のように揺れる黒い数字をじっと見つめる。僕は今日、なんとしてでもこの数字を消さなくてはならない。

気合いを入れるつもりでもう一度ばしゃばしゃと顔を洗って、タオルで拭いた。

部屋に戻ってベッドに腰掛けると、携帯が鳴った。画面を確認すると、『黒瀬』と表示されている。眠っている間に息を引き取っていないか、生存確認の連絡だろう。

「もしもし」

「あ、新太くん？　よかった無事で。私だけど」

「うん、わかる。なんかあった？」

「いろいろ考えたんだけど、家にいて本当に死を回避できるのかなって、心配になって」

登校中なのか、電話越しに風の音が聞こえた。

「えっと、つまり、どういうこと？」

「和也くんの小説では、主人公は行動を起こしたことによって死を回避してる。家にいる方が安全だとは思うけど、どっちがいいんだろうって、ずっと悩んでた」

和也が書いた小説とは、おそらく黒瀬が捏造した方の小説を指しているのだろう。主人公は死を回避するために家にこもるのではなく、あえて外に出ていた。実を言うと僕もあれを読んでから懸念していた。ただ家にいるだけで本当に死を回避できるのか、そんな単純なことで果たしてうまくいくのだろうかと。

それを踏まえ、改めて作戦会議をする。ふたりで意見を出し合い、答えがまとまったところで僕は服を着替えて家を飛び出した。

今日はバスや電車は利用しない。もちろん自転車も。それらを利用するのも通常どおりで危険かもしれない、と黒瀬に指摘され、とにかく想定外の選択を繰り返そうと決めたのだ。

僕は寒空の下、ひたすら歩くことにした。

家を出た瞬間から、辺り一帯がいつもの風景とはちがって見えた。すれちがう人、自転車、車などすべてが僕に危害を加えてくるのではないかと気になって仕方がない。今の僕はいつ死んでもおかしくないのだ。しきりに周囲を気にしながら、薄氷を踏む思いで横断歩道を渡る。

気のせいかもしれないが、誰かに見張られているような気までしてくる。

休憩を何度か挟みながら歩き、目的地に着いたのは家を出てから五時間後。平日ということもあってか、訪れた墓地に参拝者は少なかった。

今頃になって花も線香も買っていないことに気づき、まあいいかと祖父の墓石を探す。大方の場所はなんとなく覚えていた。あとはその周辺を隈なく探すだけ。

ここに来たのは、黒瀬と話し合っている中で墓参りに出向くのはどうか、という案が出たから。彼女の小説の中には、ヒロインの白瀬が先祖の墓の前で主人公が助かりますようにと祈るシーンもあったのだ。

考えすぎかもしれない。けれど、あの小説にあったように運命を変えるには普段の自分なら絶対にしない行動を取ることが必要なのではないか、という結論にたどり着いた。

仮に病死なら家にいる方が危険だ。長時間誰にも気づかれずに命を落とす可能性がある。

外で倒れたらすぐに救急車を呼んでもらえる確率は上がるから、病死だとしたら出歩いた方が助かるかもしれない。学校に行く、もしくは家で寝る、という選択肢もあったが、それはどちらも普段の行動の範囲内であって、このまま家にいるのは危険だと思えてきた、と彼女は語った。

黒瀬に提案され、そうかもしれない、と思った。その流れで出てきた祖父の墓参りに行くという案。墓参りにはもう何年も行っていないし、お盆以外に訪れたこともない。まちがいなく僕が絶対に取らない行動のひとつだと思った。

ついでに祖父にも僕と同じような力があったことを黒瀬に話すと、「絶対それだ！　おじいちゃんが守ってくれると思う！」と背中を押されたのだ。

黒瀬は自分も一緒に行くと言ったが断わった。僕といると危険が及ぶかもしれないから。それでも彼女は聞かず、三十分ほど説得したあとようやく折れてくれた。

祖父の墓石はすぐに見つかった。母さんの旧姓が『川原田《かわはらだ》』という見つけやすいものだったおかげもある。手ぶらで来てしまった後ろめたさもあって、まずは小さく一礼してから歩み寄った。

墓石の前で手を合わせ、目を瞑る。

――じいちゃんのこと、誤解してました。僕にとってもじいちゃんはヒーローです。死を回避できるように、どうか力を貸してください。

会ったこともない祖父に祈った。

冷えた汗に身震いをして、腕時計に目を落とす。時刻は午後二時半を回ったところ。まだ来たばかりだがそろそろ帰ろうと思った。両足の疲労を考えると、帰りは五時間じゃ済まなそうだ。

踵を返したそのとき、墓誌に目が留まった。そこに刻まれた数字を目にして、僕の時間は停止した。

ただの偶然だと片付けることもできる。けれど、そんなありふれた言葉では処理できなかった。

僕は墓誌に手をつき、彫られた文字を指でなぞる。

『川原田正彦《まさひこ》　平成元年十二月六日　没』

刻まれた文字に、鳥肌が立った。今日が祖父の命日だったなんて。

こんな偶然あるだろうか。

僕の頭上に数字が浮かんだのは、祖父のメッセージだったのではないか。この見えてしまう力をないものとして生きてきた僕に、なにかを伝えるために祖父が与えた試練だったのではないか……。

考えれば考えるほどそれが真実だという気がしてくる。僕が今日ここへ来たのも、なにか見えない糸に導かれていたのかもしれない。

しばらく呆然と墓誌の前に立ち尽くしていると「あの……」と背後から声をかけられた。

「川原田さんの、親族の方ですか？」

振り返ると、灰色のコートを着た壮年の男性が花を手に僕を見ていた。

「えっと、孫です」

「お孫さんですか。生前、川原田さんにお世話になった金崎《かなざき》と申します。お参りしてもいいですか？」

「あ、はい。どうぞ」

玉砂利を踏んで場所を譲る。彼は左右の花立てに仏花を挿し、線香に火を点けて拝んだ。僕は一連の動作を、ただ黙って見ていた。

「あの……祖父とは、どういった関係なんですか？」

合掌を終えた彼に、僕は訊ねる。金崎と名乗った男性はゆっくりと振り返り、表情を引きしめた。

「実は小学生のとき、川原田さんに命を救われました。近所の川で遊んでいたら足を滑らせて、溺れそうになっていたところを助けてもらいました」

再び祖父の墓石に目を向け、語りかけるように、彼は続ける。

「私は無事でしたが、川原田さんは流されてしまいました。幼かった私は、怖くなってその場から逃げ出してしまって……。心の底から後悔しています。すぐに助けを呼んでいれば、もしかしたら川原田さんが亡くなることはなかったかもしれない。申し訳ありませんでした」

そう言って僕の方に向き直ると深々と彼は頭を下げた。

突然告げられた真実に、胸をつかれる。彼が話しているのは、祖父が死んだ日のことだろう。やがて悲痛な表情でこう言った。

「川原田さんが亡くなったのは、すべて私のせいなんです。ニュースではただの事故死とされていましたが、本当はそうじゃないんです」

祖母が確信していたとおりだったのだ。

祖父は誤って川に転落したわけではなかった。きっと祖父は、少年の頭上に『0』の数字を確認し、あとを追いかけた。そして川に落ちた少年を救助し、力尽きて死んだのだ。極寒の川に飛びこむのは、さぞ勇気がいったことだろう。まさにヒーローらしい最期だと思った。

僕は言葉が出ずに、金崎さんの話に耳を傾ける。

「川原田さんのお墓を見つけられたのは、ほんの数年前のことです。名前と命日だけは覚えていたので、それだけを頼りに探しました。もし親族の方にお会いできたら、包み隠さずすべてを話し、お詫びしようと決めていました」

金崎さんは僕に、申し訳ありませんでした、と再びかすれた声で言ってまた頭を下げた。

僕に謝られても困るので、とっさに「気にしないでください」と声をかける。

「お盆と命日にここへ来ていればいつか親族の方に会えると思っていましたが、まさかお孫さんに会えるとは。真実を話せてよかったです」

金崎さんは顔を上げ、涙ぐみながらそう話した。

今日まで誰にも言えず、ずっとひとりで苦しんできたのかもしれない。彼の気持ちはなんとなくわかる。今まで見殺しにしてきた人の家族や友人に対して、僕も少なからず良心の呵責を感じていた。彼らは僕のせいで死んだわけではないけれど、それでも見て見ぬふりをしたのは事実で、その罪悪感に苛まれた。

だから僕は金崎さんを責めることなんてできなかった。

僕たちは近くに設置されていたベンチに腰掛け、話をした。

「川原田さんには感謝しかありません。あのとき死んでいたら、娘も生まれていなかったですから」

そう言って金崎さんは、携帯の画面を僕に見せてくれた。誕生日の写真だろうか。幼い女の子が、蠟燭が三本立てられたケーキを前にあどけない表情で笑っている。かわいらしい女の子だ。

胸が熱くなった。祖父が金崎さんを救ったことによって、生まれるはずのなかった生命がこの世界に誕生した。それはとてつもない奇跡だと思った。

三十分ほど話したあと、「また来年、ここへ来ます」と会釈をして金崎さんは去っていく。彼を見送ると、僕はもう一度祖父の墓の前へ行き、尊敬の念を込めて深く頭を下げる。

もし生きて帰れたら、今度は母さんと祖母と一緒にここへ来よう。そう思いながらまた長い距離をひたすら歩いた。

行き帰りでどれくらい歩いたのだろう。両ふくらはぎが張っていて靴擦れも酷い。体力の限界が近づいた頃にようやく見慣れた街に戻ってきた。

時刻は午後八時。これほどの長旅になるなんて思わなかった。あと四時間、あと四時間、と心の中で呟いて一歩一歩進んでいく。

足を引きずりながらノロノロ歩き、ようやく自宅が見えてきた。

そのとき、背後から足音が聞こえた。僕は暗闇に目をこらして振り返り、とっさに身構える。僕の命を狙う凶悪な通り魔ではないかと危惧したが、姿を見せたのは黒瀬だった。

「もう……歩けない」

黒瀬は消え入るような声で呟き、その場に座りこんだ。

僕は彼女に歩み寄り、「え、もしかして、尾行してたの?」と訊ねた。黒瀬は「うん」とだけ答え、黒いコートの上から腿《もも》をさすっている。呆れて苦笑するしかなかった。黒瀬らしいといえば黒瀬らしいが、まさか彼女も一緒に歩いてくれていたとは。時折感じていた視線は、彼女のものだったのか。

そこで気づいた。街灯に照らされた黒瀬の頭上に、揺れ動くものがない。彼女の死は、回避されたのだ。

ああ、よかった。黒瀬の頭上の数字が消えてくれたのなら、もう思い残すことはなにもない。彼女を救って死ねるなら、それはそれでいいのかもしれない。

「ついてくるなって、あれだけ言ったのに」

「無理だよ、私には。新太くんが死ぬかもしれないのに、じっとしてるなんて」

そう言って黒瀬は顔を上げる。頬や鼻の頭を赤く染め、上目遣いで僕を見るその目は潤んでいて、幼い少女のようだと思った。

「……あれ、消えてる」

黒瀬は僕の背後を見て目を丸くした。よかった、よかったと繰り返し、彼女は口元を押さえてその場に泣き崩れる。

その言葉を聞いて、僕は自宅に駆けこみ洗面所へ向かった。電気を点けて鏡に映る自分の頭上を確認する。

僕の頭上に張りついていたあの目障りな数字が、たしかに消滅していた。

「本当に、消えてる……」

ぽつりと呟き、深く息をついた。十数秒鏡を見つめたあと黒瀬のもとへ戻ると、彼女はまだ地べたに座りこんでメソメソ泣いていた。

「回避できた……。助かったんだ……」

他人事のように僕は言った。黒瀬は泣きながら、うんうんと何度も頷いた。

目頭がじんわりと熱くなる。僕は、自分の運命を変えた。数字が消えた以外に実感はないけれど、たしかに僕の寿命は延長されたのだ。

でも、自分の死を回避できたことよりも、黒瀬の頭上の数字が消えたことがなにより嬉しかった。

黒瀬の起こした行動によって僕は生き長らえ、僕の起こした行動によって黒瀬も死なずに済んだ――。

気づけば僕の頬にも熱いものが伝っていた。

黒瀬の死が回避されたことは、黙っていよう。わざわざ言う必要はない。救われたのはむしろ僕の方なのだから。

「よかったね。命があって、本当によかったね」

声を震わせて泣きじゃくる黒瀬を、僕は包みこむように、そっと胸に抱いた。

翌朝。目を覚ました僕は体を起こし、カレンダーに視線を向けた。十二月六日以降はすべてばつ印をつけてしまったので、カレンダーを引っぺがしてゴミ箱に捨てた。早く来年のを買わなきゃなと思いながら、大きく伸びをする。

訪れるはずのなかった十二月七日は、いつもと変わらない静かな朝だった。

こんなにぐっすり眠れたのはいつ以来だろうか。頭がすっきりしている。頭上に数字が浮かんだ日から約三ヶ月間、まともに眠れた日などなかった。

数日ぶりにカーテンを開けて、室内に陽光を取りこむ。空は澄み渡っていて、僕の新しい人生の初日としては申し分ない。

洗面所で顔を洗い、タオルで拭いてから鏡を見る。冴えない男が映ったのはいつもどおりだが、心なしか顔に生気が戻ったような気がした。しっかりと血の通っている顔。昨日は一日中歩いたから、血行がよくなっただけかもしれないけれど。

決定的にちがうのは、頭の上だ。九十九日間、まるで金魚の糞のように僕に引っついてきたあの忌々しい数字は、やはり消滅している。それがなによりも嬉しくて、つい鏡の前でにやけてしまう。

「おはよう。今日からまた、学校行くから」

洗面所を出ると、朝食の支度をしていた母さんにそう伝えた。母さんは一瞬面食らったような顔をしたあと、相好を崩した。

「そう。すぐにお弁当用意するね。新太、ちょっと顔色よくなったんじゃない？」

「そうかな。そういえば昨日、じいちゃんの墓参りに行ってきたよ」

「え、お墓に？　急にどうしたの？」

「うん、たまには行かないとなって思ってさ。今度一緒に行こう、できたらばあちゃんも誘って」

驚きの表情を浮かべる母さんに微笑みかけて食卓に着いた。

母さんと祖母には、ちゃんと話さなくてはならない。祖父が死んでしまったときの状況を。

話せばきっと母さんは祖父のことを見直すだろうし、祖母も真実を知ることができて喜ぶはずだ。なによりもふたりの知らない祖父の一面を僕が話せるのが嬉しい。真実を話し、ふたりが驚く顔を見るのが今から楽しみだ。

朝食を済ませて制服に着替え、家を出る。両足の筋肉痛が酷くてペダルを漕ぐのもひと苦労だったが、それが生を実感させる。

大袈裟かもしれないが、本来なら見ることのなかったはずの今日という日の景色に、いちいち感動してしまう。あのカラスも、葉の落ちた木々も、この冷たい風も、死んでいたら目にすることも肌で感じることもなかった。生きててよかったと、改めて心の底から思った。

感傷的になりながら自転車を走らせていると、前方にランドセルを四つ持っているあの少年が見えた。お腹と背中にひとつずつ、右腕と左腕にランドセルを引っかけて、よたよたと覚束ない足取りで歩いている。頭上の数字は『11』。

僕は少年の横を自転車で走り抜けようとした。しかし、気づけばブレーキを力一杯握りしめていた。振り返るが、野球帽を目深に被った少年は俯きがちに歩いているため、こちらに気づく様子はない。

「ランドセル、重たそうだな」

声をかけると、少年はびくりと顔を上げ、涙目で僕を見る。

「それ、ちょっと貸して」

僕は自転車を降りて、少年が両腕とお腹に抱えていたランドセルを手に取った。三つ持つとずっしりと重たい。彼の小さな体で運ぶのは大変だ。

僕は自転車のカゴにふたつ入れ、残りのひとつを左肩に引っかけ、少年に「後ろ乗っていいよ」と荷台をポンと叩いた。少年はキョトンとして、口を開けて僕を見上げている。

「ほら、遅刻するぞ。そこの小学校まで送ってやるから」

少年はこくりと頷いて、緩慢な動きで荷台に乗った。筋肉痛の両足でランドセルが三つ、荷台には小学生。重荷に小づけだと思いながらも、のろのろ自転車を走らせる。途中でランドセルを背負っていない三人組がいて、追い抜きざまにベルを鳴らしてやった。

校門の前で少年を降ろし、ランドセルを三つ手渡した。

「鞄持ち、嫌なら嫌だって言わないとずっとそのままだぞ」

少年は目を伏せて唇を噛みしめている。僕は自転車に跨り、「また明日も乗っけてやるから、死ぬなよ」と声をかけた。

少年ははっとしたように顔を上げる。なにか言いたげに唇を震わせたが、電車の時間が迫っているので僕は手を振ってペダルを漕いだ。

「……ありがとう」

か細い声が耳に届いた。ブレーキを握り振り返ると、少年が小さく微笑んでいた。

祖父のようにうまく立ち回れるかわからないけれど、彼の数字が消えるように、僕にできることはやってみようと思った。

明日には数字が消えていてくれることを祈って、駅へと急いだ。

その日の授業は本を読むことなく、約三ヶ月ぶりに教科書とノートを開いた。遅れを取り戻すべく、真っ白なノートにびっしりと文字を書き込んでいく。授業の内容をできる限り頭に詰めこんだ。

あっという間に放課後になった。チャイムが鳴るとすぐに鞄に教科書とノートを詰めた。南館の三階。教室を出ると文芸部の部室へ足を運んだ。

部室には人の姿はなく、しんと静まり返っている。期末テストが近いからか軽音楽部の雑な演奏も、オカルト研究部の奇声も聞こえない。僕は自分の席に腰掛け、部室内を見回した。

黒瀬が入部してから、埃まみれだった本棚は綺麗に保たれている。ジュースやお菓子の食べかすで部室を散らかす和也がいないのは、掃除好きの黒瀬には物足りないかもしれない。新しく買った本棚はまだ空っぽで、そこだけまだ不恰好だ。

ガチャリとドアが開いた。顔を向けると、黒瀬が気まずそうに僕を一瞥してから席に着いた。気まずさの原因は僕が昨夜、感極まって黒瀬を抱きしめてしまったせいだ。思い出すだけで顔が熱くなる。僕も気まずくてまともに顔を見られなかった。

「ふたりになっちゃったね、部員」

黒瀬は鞄の中からブックカバーがつけられた本を取り出して、目を潤ませながら言った。

「せっかく三人揃ったのに、このままじゃ廃部になるかもな」

「それなら大丈夫だよ。さっき顧問の先生に言ってきたから」

「なにを?」

「私たちが卒業するまで、和也くんは文芸部の一員ですからって」

儚げに微笑んで黒瀬は言った。彼女はさらに続ける。

「先生ももちろんだって言ってくれたから、廃部にはならないよ」

「……そっか。それならよかった」

「うん」

僕は安堵して鞄の中から文庫本を取り出し、黒瀬は手元の本に視線を落とした。今日も自己啓発本だろうか。付箋が何枚も貼られている。

「そうだ、黒瀬にも聞いてみたいことがあるんだけど」

「なに？」

黒瀬は本を閉じ、顔をこちらに向けた。ここ最近はふたりでいることが多かったけれど、彼女にはまだこの質問をぶつけていなかった。

「黒瀬はさ、なんのために生きてる？」

生きる意味、生きる理由。その手の本を愛読している彼女なら、自分なりの最適解を導き出しているかもしれない。この三ヶ月間、僕が探し求めた答えを、僕と同じような力を持っている彼女なら、なにか掴んでいるかもしれないと思った。

「その質問、和也くんにもしたでしょ？」

黒瀬はクスクス笑いながらそう言った。僕は「した」と返す。

「和也くん、心配してたよ。新太がなんか悩んでるみたいだから、気にかけてやってって。

和也くんが亡くなった日に言われた」

「……そっか」

私は、と黒瀬はそこで言葉を止める。考えをまとめているのだろうか、視線を虚空に彷徨わせて黙考している彼女を、僕はじっと見つめる。

「私には、わからない」

「へ？」

たっぷり時間を使ったにもかかわらずそんな言葉が返ってきたものだから、思わず声が裏返った。彼女は真剣な眼差しを僕に向ける。

「わからないけど、どうして生きているのか、それをしっかり胸に置いて生きるのが大事なんじゃないかな。わかんないけど」

それもまた正解であるのだろう。きっと答えはひとりひとりちがっていて、人の数だけ答えがある。あるいは答えを求めること自体、まちがっているのかもしれない。

「新太くんは、どうして生きてるの？」

唐突にそう聞かれ、僕は閉口する。人に訊ねてばかりで、自分の考えは口にしたことがなかった。真っ直ぐな目で僕を見つめる黒瀬は、静かに返答を待っている。

「僕も、わからない。わからないから、これから生きていく中でゆっくり探そうと思う」

今は、そう答えるほかなかった。延長された僕の残りの人生で、絵を描くように、あるいは小説を書くように、コツコツと自分のペースで見つけようと思った。

ただひとつ、たしかなことは、僕の欲する答えは生きていなければたどり着けないということだ。だから僕は、この先も生きてみようと思う。もしまた寿命が見えることがあったとしても、生きるとはなんなのか、その答えが見つかるまでは死を回避するよう努力し続ける。死ぬのは、そのあとでいい。

その後はふたりとも無言で、各々持参した本を読んだ。和也がいなくなった部室はやっぱり静かで、寂寥感が漂う。文芸部で三年間、三人一緒に卒業まで走り抜けたかった。和也を中心に、もう少し文芸部らしい活動も増やして。それができたらどんなに楽しかっただろう。

和也がいた席を見つめながらそんなことを考えていると、部活動終了を告げるチャイムが鳴り響いた。冬季はいつもより早くチャイムが鳴る。もう少し読んでいたかったけれど、僕たちは本を閉じ、席を立つ。

「帰ろっか」と黒瀬が言った。

「うん」と僕は返事をする。

そのまま自然に廊下を並んで歩き、校門を出て、黒瀬は僕の横で自転車を押す。日が沈んだばかりの藍色の空はどこか幻想的で、僕はぼうっと空を見上げながら歩いた。

「新太くん、生まれ変わったみたいだね」

僕は黒瀬に視線を移し、「そう?」と聞き返す。

「当たり前かもだけど、昨日までは顔が死んでたし、全体的にどんよりしてたけど、今は青空みたいに清々しいというか、それが普段の新太くんなんだね」

「まあ、そうかもしれない。自分の寿命が見えてから人生捨ててたし、いつもの数倍暗かったかも。でも変われた一番の要因は、死を回避したことよりも黒瀬の存在だと思う」

「え、私？　なんもしてないと思うけど、そうなの？」

「そうなの」

小首を傾げる黒瀬に微笑みかける。彼女は不思議そうに僕を見つめ、「よくわかんないけど、力になれたのならよかった」と小さく笑った。

「あっ！」

そのとき、前方から走ってきた自転車が黒瀬にぶつかりそうになった。彼女はバランスを崩したが、僕がとっさに手を摑んで転倒は免れた。黒瀬の自転車は道路に投げ出されたけれど、幸いにも車が通り過ぎたあとで無事だった。

「大丈夫か？」

ぶつかってきたのは中学生くらいの男の子で、「ごめんなさい」と言ってそのまま走り去っていった。

「私は全然大丈夫。でも新太くんがいなかったら、死んでたかもね」

黒瀬は真顔で物騒なことを言う。「馬鹿言うなって」と返して、摑んでいた手をそっと離した。

自転車のカゴから落下した黒瀬の鞄から、数冊の本が道路に転がっていた。鞄のファスナーを閉め忘れていたのだろう。僕はその数冊の本を拾い上げる。

『好きな人と距離を縮める方法』

『愛とは、恋とは』

『これを読めばあなたも恋愛マスター！』

歩道に散らばった拍子にブックカバーがずれて、タイトルが露わになっていた。

「あ！　ちょっと見ないで！」

黒瀬は慌てて僕の手から本を奪った。顔を真っ赤にして鞄に詰めると、自転車を起こしてずんずん先へ歩いていく。

つい数ヶ月前までは死生観についての本を読み漁っていた彼女だが、今は女子高生らしい悩みに溺れているらしい。あの小説を思い出し、ついにやけてしまう。

遠くなる黒瀬の背中を見つめながら、僕は笑った。


帰宅後、玄関のドアを開けると犬の鳴き声が聞こえた。リビングで犬のケージを組み立てている母さんの横に、ちょこんと座るミニチュアダックスフント。犬の餌やトイレシートなど、犬用品も山積みになっている。

「あれ、引き取りにいったんだ」

背後から声をかけると、「うん、行ってきた。ありがとう。犬のおもちゃとかいっぱい買ってきたから、遊んであげよう」と母さんは振り返って言った。僕は足元に転がっていた小さなボールを手に取り、ダックスのそばに転がす。最初は怖がっていたものの、ボールが止まると前足でつついてみたり咥えてみたりとひとりで遊びはじめた。その隙に頭を撫でてやると、がぶりと指を噛まれてしまった。

僕が死んだあとに迎えられるはずだったダックスと、こうして自宅で再会できたことが素直に嬉しい。さっそく、ギリシャ語で新しいという意味の『ネオ』と名づけた。僕の新しい人生の幕開けにふさわしいと思ったし、本当は僕の代わりになるはずだったのだから、新太の新を授けた。

夜になり、僕は眠る前にツイッターを開いた。

『ゼンゼンマン参上！』とツイートして以来開いていなかった。僕のその馬鹿なツイートにはたくさんのコメントが寄せられていた。『誰こいつ』『死ね』『寿命を見てください』など、さまざまなコメントが何百件も書きこまれている。

それらに目を通してから、最後のツイートをする。

『みなさんお久しぶりです。ゼンゼンマンはもうやめることにしました。なぜなら、自分がいつ死ぬかなんて、そんなことは知る必要などないからです。人は誰でも、いずれ死にます。明日死ぬかもしれない、今日死ぬかもしれない。だから、一日一日を大切に過ごしてください。そうすれば以前の私のように、人生に迷うことはないと思います』

ツイートは瞬く間に拡散されていく。

『私もそう思います。みなさん、今日という一日を、精一杯生きましょう』

多くのコメントの中に、マロンからのコメントがあった。マロンは、黒瀬のアカウント名だ。僕は苦笑して、そっと画面を閉じた。

時計の針が零時を回り、日付が変わる。十二月八日の始まりだ。

眠る前に、小説を読もうと思った。僕の人生を変えたと言ってもいい、あの小説を。

机の上に置いてあったふたつの封筒を手に取り、まずは和也が書いてくれた小説を読む。

相変わらず丁寧な筆致で、改めて和也の才能に感嘆する。結末は少し無理矢理感があるけれど、発想は面白い。病に罹患していなければ、将来は本当に作家になっていたかもしれない。彼の作品がもう読めないことが残念でならなかった。

和也の小説を読み終わったあと、もうひとつの封筒の中から薄い原稿を取り出した。一枚一枚、ゆっくりと読み進めていく。

――あなたのことが好きだから、私と一緒に生きてほしい。

その言葉が、黒瀬の声で再生された。

何度も読んだはずなのに、またしても涙が頰を伝って零れ落ちた。改めて読み直してみても、白瀬――ではなく黒瀬の言葉のひとつひとつが僕の胸に突き刺さった。

読み終えると、僕は椅子の背もたれに体重を預け、天井を見上げる。

黒瀬の作品は、今まで読んだどの小説よりも純粋で、僕の心を震わせた。

「あいつ、やっぱよくわかんないやつだよ」

瞳の端から零れた涙と一緒に、ぽつりと呟いた。

このクオリティでよく僕を騙せると思ったな、とやっぱり笑ってしまう。でも、そんな黒瀬が今は胸が苦しくなるほど愛おしい。

そろそろ寝ようと電気を消して布団に入る。でもやっぱりもう一度読みたくなって、デスクライトだけ点けて椅子に座る。

今日はもう少し、黒瀬の紡いだ物語に浸っていたい。

そう思いながら、僕はまた、初めて読むような気持ちで紙面に目を落とした。

あとがき

本作の主人公である望月新太のように、昔から人の生きる意味はなんなのかを探していました。

海で溺れたり走行中の車の中から外へ飛び出したり、子どもの頃から何度か死にかけた経験がありました。大人になってからも、ほんの少しタイミングがずれていたら死んでいたという場面に何度か遭遇したこともありますし、そもそも僕は仮死状態でこの世に生まれ、そのまま死んでいてもおかしくなかったと親から聞きました。

そんな人生を歩んできたからこそ、死について考えることが人一倍多かったのだと思います。なぜあのとき死ななかったのか。今死なずに済んでいるのは、なにか意味があるのか。自分の身を案じるよりも、そういったことばかり考えていました。

小説を書くために生きているなど、そんなくさいセリフは口が裂けても言いたくありませんが、それもひとつの生きる意味なのではないかと近頃思います。

ありがたいことにデビュー作が十二万部を突破し、

「この小説を書いてくれてありがとうございます」

「私も病気に苦しんでいて、この小説を読んで救われました」

そういった言葉をいただき、それまではいつ死んでもいいと思っていた僕が、あのとき死ななくてよかった、生きていてよかったと初めて思うことができました。

生きる意味をひとつ与えてくださった読者の皆様には、感謝しかありません。

本作は書籍では二作目になりますが、実は僕が人生で初めて書いた小説を一から書き直したものです。前作のあとがきに書いた、震災に遭って車の中で食パンを齧りながら執筆していた小説がまさに本作です。

こちらを先に読んでも問題ありませんが、前作を読んでからの方がより一層楽しめると思います。

謝辞
頼りになる担当編集者の末吉さん、鈴木さん。今回も素敵なイラストを描いてくださった飴村さん。ほかにもこの作品に携わってくださった皆様、お力を貸していただき本当にありがとうございました。
僕の大好きな漫画、『ジョジョの奇妙な冒険』に出てくるＤＩＯは、『「恐怖」を克服することが「生きる」ことだ』と言いました。差し迫る〆切の恐怖を克服できるかわかりませんが、本作に登場する和也のように、誰かの心を救う物語をこれからも書いていけるように頑張ります。

次の作品を待っていてくださる読者の方がひとりでもいる限り、僕はこの先も生きていこうと思います。

森田碧

本書はフィクションであり、実在の人物および団体とは関係がありません。

余命《よめい》99日《にち》の僕《ぼく》が、死《し》の見《み》える君《きみ》と出会《であ》った話《はなし》

森田碧《もりたあお》

2022年1月5日初版発行
2024年2月14日第7刷

発行者……………加藤裕樹
発行所……………株式会社ポプラ社
〒102-8519 東京都千代田区麹町4-2-6

フォーマットデザイン 荻窪裕司(design clopper)
組版・校閲 株式会社鷗来堂
印刷・製本 中央精版印刷株式会社

落丁・乱丁本はお取り替えいたします。
ホームページ(www.poplar.co.jp)のお問い合わせ一覧よりご連絡ください。

ポプラ文庫ピュアフル

ホームページ www.poplar.co.jp

N.D.C.913/284p/15cm
ISBN978-4-591-17237-7
P8111326